周恩来与邢台大地震

贾兴安 ◎ 著

花山文艺出版社

图书在版编目（CIP）数据

周恩来与邢台大地震 / 贾兴安著.一石家庄:花
山文艺出版社，2017.11（2020.8重印）
　ISBN 978-7-5511-1725-8

　Ⅰ.①周… Ⅱ.①贾… Ⅲ.①纪实文学－中国－当
代 Ⅳ.①I25
　中国版本图书馆CIP数据核字(2017)第255298号

书　　名：**周恩来与邢台大地震**
著　　者：贾兴安

策　　划：张采鑫
责任编辑：郝卫国
责任校对：李　伟
装帧设计：陈　淼
美术编辑：胡彤亮
出版发行：花山文艺出版社（邮政编码：050061）
　　　　　（河北省石家庄市友谊北大街330号）
销售热线：0311-88643221/29/31/32/26
传　　真：0311-88643225
印　　刷：三河市嘉科万达彩色印刷有限公司
经　　销：新华书店
开　　本：700×1000　1/16
印　　张：11.75
字　　数：160千字
版　　次：2018年1月第1版
　　　　　2020年8月第3次印刷
书　　号：ISBN 978-7-5511-1725-8
定　　价：25.00元

谨 以 此 书

纪念周恩来总理诞辰一百二十周年

目　录

引　言

　　漫长的时光记忆从1966年3月8日5时29分开始，距今整整五十年了。从那一刻起，历史注定了未来，注定了"邢台"这一地名在中国现代史上的声名远播。

　　难道不是吗？提及邢台或者涉及与邢台有关的事情和话题，大家基本上都会说："邢台？知道，不就是那年发生过大地震的地方嘛！"如果这些人所处地理位置比较偏远，他们一般不知道邢台是哪个省的，但知道邢台这个地名。很多年来，邢台因大地震而名扬海内外，但很多人会说邢台，记忆里知道有个邢台，却不会准确地书写"邢台"，用文字表达时经常把"邢台"写成"刑台"，尤其是在一些书信、公函表述中最为常见。邢台人听说后或者看到了，就会特别郁闷、无奈。

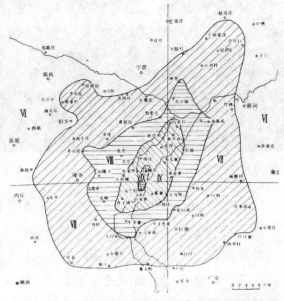

1966年3月8日邢台地震高烈度区等震线图

　　这也不怪那些不知道

邢台的历史，只知道有过"大地震"的外地人。邢台大地震的影响，远远超出了对其文化渊源的了解——在西周初期周成王将他叔叔的第四子姬苴封于"邢地"做侯，史称"邢侯"，才得以冠名邢台，并从此成为中国唯一的一座以"邢"氏命名的城市。外地人听说邢台大地震死了很多人，所以在不知"邢"这一汉字是专用于姓氏的情况下才谐音误以为是"刑台"，"行刑的台子"，徒使那么多人走上了"断头台"没命了。这个地方发生了大地震，天崩地陷，房倒屋塌，死伤惨重，不是什么好事，连《人民日报》报道时，都在"编者按"里把这次地震形容成"怪物"。

邢台西部的太行山

　　邢台的地名浸润着凝重而悠长的历史文化。这是一块铺陈于冀南地区，东接山东、西临山西、南挨邯郸、北邻石家庄，京广铁路、京港澳高速、京广高铁切境而过的沃土。它西依八百里太行山最险峻的一段，东临京杭大运河进京的要冲，地域独特，山水奇诡。历史上曾四次建国，三次定都，具有3500年的建城史。境内有明长城残段遗迹、邢国墓地、大唐祖陵、千年邢窑、大开元寺、清风楼、达活泉等人文遗产；也有崆山白云洞、峡谷群、天河山、云梦山、紫金山、凌霄山、天梯山、马岭关等自然名胜；刺客豫让、扁鹊行医、黄巾大起义、巨鹿大战、泜水岸边的背水一战、秦始皇病逝于沙丘平台、千手观音、赵云故里、宋璟碑、梅花拳、元代著名科学家郭守敬、义和团运动及首领赵三多等传说经久不衰；传统古村落比比皆是，其中神头村、英谈村、王硇村、上申庄村、樊下曹村、渐凹村、大坪村被列入国家传统村落名录；邢台还是革命老区，有前南峪抗日军政大学旧址、南宫冀南烈士陵园、八路军一二九师驻地、冀南革命纪念馆等红色革命遗址。

邢台古村落

　　地域的优越和自然环境的迥异，致使邢台大地风物卓然，特产丰富。比如威县三白西瓜，沙河马场梨，隆尧泽畔藕和鸡腿大葱，临城薄皮核桃和腌肉，巨鹿枸杞、金银花和串枝红杏，邢台板栗，宁晋雪花梨、鸭梨、沙丘梨、洛阳梨，百泉稻，南和金米，富岗苹果，滏河贡白菜，平乡黄芽白，今麦郎方便面、华龙面、空心挂面，古顺酒、

邢窑遗址

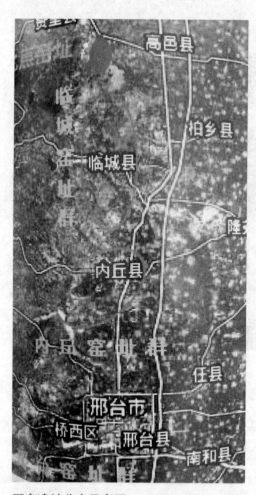

邢窑遗址分布示意图

泥坑酒、水仙花酒,华丰糕点、桐泰祥糕点,邢枣仁、酸枣面,浆水苹果,邢台焖饼,南宫香肠和黄韭,临西酱菜,顺德油条,魏庄熏鸡,炸布袋,邢台馓子,邢台柿饼,邢台锅贴,白牌烧鸡,威县火烧,广宗薄饼,临西饼卷肉,清河菜豆腐,邢台包子,黑家饺子,隆尧羊汤等都远近闻名。

其中,兴于隋、盛于唐的"邢窑"所生产的"邢瓷",其庞大的"窑区"位于邢台的临城、内丘、邢台县三县近70公里长、20公里宽的狭长地域上,大小遗址多达一百多处,一直被誉为我国白瓷的发祥地。我国陶瓷史上所说的著名的"南青北白",南青,指越州青瓷,北白,就是指邢窑的白瓷。邢州瓷窑是唐代七大名窑之一,是华夏乃至世界白瓷的鼻祖,在中国陶瓷史上占有非常重要的地位。邢窑从公元5世纪的北朝时期兴盛,到元代逐渐尘封地下,历经了创烧、发展、鼎盛、衰落、消亡的过程,走过八百多年的风雨历程，成为中国古代瓷窑中罕见的范例。在后唐、五代十国及宋辽金各个时代，由于兵荒马乱，战事不断，邢州地处各国交兵的中心地带，致使本地民众逃避战乱而举家大批南迁。于是，一些技艺精湛的邢州窑工和技师甚至是声名显赫的"陶瓷专家"，得到了朝廷的保护以及南方人的欢迎，为他们划地建村。至今，在河南汝州的大山深处一个930多口人的小山村，还有浙江一个869户共3150人口的村庄的名字，仍以"邢窑村"相称。邢州窑膛熊熊燃烧的烈焰，在千年的历史进程中生生不息，独舞蹁跹，创制和锻造出了一百多项装饰工艺和陶瓷品种。随着窑民们的迁徙，一批批、一代代陶瓷艺术家所富有的精湛技艺和创造精神，在中华大地的各个角落薪火相传。如今，邢瓷以独步天下的器物品相和空前绝后的色调，成为陶瓷专家和爱好者心目中的极品，在北京的故宫和台北的故宫里，均属于相当稀绝的珍藏。

邢台还是佛教文化传入中国最早的地区，据明嘉靖、万历和清康熙、光绪各版《南宫县志》及其他史料记载，南宫普彤寺、塔始建于东汉明帝永平十年（67年），比被誉为中国第一佛寺的洛阳白马寺和中国第一佛塔的齐云塔都要早。所以，南宫普彤寺才是中国佛教第一寺，该寺的普彤塔亦是中国佛教第一塔。佛教在中国的初传、散播、兴盛、衰微的关键处，很多都与其在邢台的发展相关联。可以说，邢台佛教文化的精华，也是当之无愧的中国佛教文化的精华。此外，邢

南宫普彤塔

邢台开元寺

台众多的千年古刹作为遗世独立的佛教文化精品,具有弥足珍贵的文
化价值。距今已有一千四百多年历史的大开元寺是全国重点文物保护
单位,寺内有罕见的十六面尊胜陀罗尼经宝幢和著名的佛教建筑圆照
塔。开元寺在元朝时期发展到了鼎盛时期,元世祖忽必烈曾两次驾临
拜佛,并御赐"大开元寺"匾额,开元寺成为皇家御用寺院,占地规
模扩大,建筑数量增加,寺内僧人上千,信徒如织,香火缭绕,堪称
我国北方佛教中心之一。开元寺是邢台现存规模最大的古代建筑群,
对研究佛教发展史及中国古代建筑具有重要意义。邢台塔林系国内现
存的大型塔林之一。或砖砌或石雕,或高或矮,一塔一样。据传,最
盛时邢台塔林共有大小不一的墓塔数百座,比河南嵩山少林寺塔林、
山东灵岩寺塔林数量都多,堪称中国之最。另外,全国重点文物保护
单位的临城普利寺、内丘且停寺、沙河漆泉寺、平乡兴固寺、南和白
雀庵等名扬中国的古刹,均是邢台佛教文化的精品。

历史积淀出文化叠萃与超群,厚德载物致使精英辈出。

沉雄的山水造化和丰厚的人文精神洗涤,滋养和孕育出魏徵、宋
璟、柴荣、刘秉忠等一大批杰出人物。

特别是郭守敬，所做出的科学贡献对世界科学进步产生了重要影响，被称之为中国古代科技圣人。他的科学成就遍及天文、水利、数学、仪器仪表制造、规划、建筑、测绘等广阔的领域，其中二十多项发明创造遥遥领先于当时的世界水平，将中国古代科技文明推向了最高峰，同时也将元初中国科技文明推向了当时世界的最高水平。古今中外多位专家学者对郭守敬

郭守敬铜像

及其科学成就给予了高度评价：中国科学技术馆原馆长王渝生，认为郭守敬功盖千秋、全球景仰；美国著名专家席文，则认为郭守敬的贡献保持着中国传统天文学的顶峰，其中授时系统是中国古代传统数理天文学的最高成就。1970年，国际天文学组织，将月球背面一座环形山命名为"郭守敬山"。如今，邢台市有以他的名字命名的"郭守敬大街"，达活泉公园建有"郭守敬纪念馆"。郭守敬的伟大和不朽，不单单是属于邢台的，也是河北的，全国的，世界的。北京有"郭守敬纪念馆"和三米多高近三吨重的郭守敬铜像，上海有"郭守敬路"，河南登封有"郭守敬观星台"。在中国科学院国家天文台兴隆观测站，有一架2.16米口径的光学望远镜，名曰"郭守敬望远镜"。1962年，中国邮电部发行了两枚郭守敬纪念邮票；1977年，国际天文

邢台市街景

组织将太空中发现的2012号小行星，命名为"郭守敬星"……

邢台还有一个"卧牛城"的别称，亦可说是俗称，也可叫作"牛城"。"卧牛城"的由来千百年来流传于民间，坊间的版本很多，无须考证其哪个正宗，总之是命中注定与"牛"结下了不解之缘。20世纪80年代，邢台在城区建造了一座由钱绍武先生创作的"卧牛城"雕塑，台基座的另一面，铭刻有《卧牛城碑记》，其中说："古时某夫妇流落此间，见沃野百里而无人烟遂定居。日夜辛劳而苦无耕畜，诚感天帝，降黄牛以助其耕。自是生产日殖，人口日繁，遂建城郭。又传洪水逼城，牛卧城头，水涨城高，百姓得免遭灾难，遂以卧牛名其城。此说虽属神话然颇具深意……"是什么深意呢？又说："所谓天帝者，劳动人民征服自然之理想与力量之化身也。而牛之本色朴实、勤奋、利民克己，实劳动者品格之象征也……"邢台的街、路、村等，也多以"牛"来命名，如"东牛角村""西牛角村"等。倘若在地图上将这些地名按一定的顺序连接起来，显示的是一幅"身长4.5公里，体宽1.5公里，头南尾北"的"牛形图"。牛头部位是南头村，牛角部位是东牛角、西牛角村，牛尾部位是牛尾河；牛身子由护城墙和护城河构成；城内原有四个水坑，称牛市水坑、羊市水坑、马市水坑、靛市水坑，传说是卧牛的四个蹄印；牛胃的部位是一大一小相连的两个水泊（韩家坑、王冒坑）；肠道部分是南长（肠）街、北长（肠）街。此外，还有拴牛橛、牛头桥、肚子巷等，其地名的位置和牛的器官部位基本吻合。至今，这些地名仍在沿用着。牛的元素和符号在这里俯拾皆是，如同永恒的山河，无论经历多少世事的沧桑和变迁，依然在邢台城熠熠生辉，默默倾诉……

"卧牛城"雕塑

　　邢台的历史符号和文化标签触手可及，皇皇典籍里皆有可圈可点之处。但由于中华悠久的历史使灿烂的文化瑰宝浩如瀚海，致使邢台这些目不暇接的历史和人文资源，似乎被湮没无闻，并没有最大限度提高邢台的知名度。邢台最知名的，就属大地震了。

　　邢台大地震，是新中国成立后第一次发生在我国平原人口稠密地区（当时邢台地区总人口为377万，面积12456平方公里，平均人口密度为303人/平方公里）持续时间长、造成严重破坏和重大人员伤亡的地震灾害。

　　从1966年3月8日至3月29日的21天时间里，分别在邢台地区的隆尧、宁晋、巨鹿以及石家庄地区束鹿北，先后发生了5次6级以上地震，其中最大的一次是3月22日16时19分在宁晋县东南部发生的7.2级地震。这次地震震源深度9千米，震中烈度为Ⅹ度。这一地震群统称为邢台地震。

邢台大地震突然而至，瞬间便袭击了河北省邢台、石家庄、衡水、邯郸、保定、沧州等6个地区，80个县市，1639个乡镇，17633个村庄，尤其是首震发生在凌晨五点半左右，人们都在熟睡之时，因此造成这一地区8182人丧生、38675人受伤，倒塌房屋508余万间，受灾面积达23000平方公里。特别是3月22日下午4时19分发生在宁晋东汪镇的7.2级强烈地震，有感范围北达内蒙古多伦，南至江苏南京，东至山东烟台，西到陕西铜川，有感面积达200万平方公里，有一亿两千万人程度不同地感知到了这次大地震。

地震破坏了110多个工厂和矿山，袭击了52个县市邮局，震坏了京广和石太等5条铁路沿线的桥墩和路堑16处，震毁和损坏公路桥梁77座，地方铁路桥两座，毁坏农业生产用桥梁22座共540米。

邢台大地震的极震区地形地貌变化显著，出现大量地裂缝、滑坡、崩塌、错动、涌泉、水位变化、地面沉陷等现象。喷水冒沙现象普遍，最大的喷沙孔直径达两米。地下水普遍上升两米多，许多水井向外冒水。低洼的田地和干涸的池塘溢满了地下冒出的水，淹没了农田和水利设施。地面裂

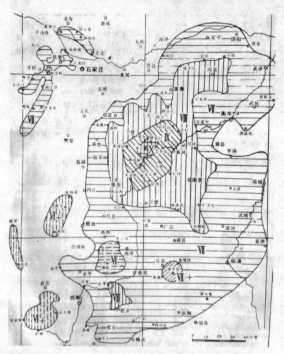

1966年3月22日邢台地震高烈度区等震线图

被震毁的河堤

被震裂的麦田

缝纵横交错，绵延数十米，有的达数千米，马栏一个村就有大小地裂缝150余条。有的地面上下错动几十厘米。冀县阎家寨附近石津渠的堤坝原高出地面两米，震后陷入地表以下两米，在长110米、宽11米的地段上，裂开5米大缝，缝深4米。震区内滏阳河两岸严重坍塌。任村滏阳河故道被挤压成一条长48米、宽3米、高1米的土梁。地震造成山石崩塌361处，山崩飞石撞击引起火灾22处，烧山3000余亩。震后次生火灾连续发生。根据邢台、衡水、石家庄、邯郸、保定等5个地区统计，1966年3月中旬至4月初，就发生火灾422起，烧死39人，烧伤74人，烧毁防震棚470座。一些有千百年历史的古代建筑也被严重损毁，宁晋县多处石牌坊塌落，正定县宋朝木塔被震落两层，赵县柏林寺塔被震掉了铁顶，许多古迹毁于一旦。

邢台市地震局编纂的地震资料里这样描述："人们还在睡梦中，突然地声隆隆、地光闪闪、山河颤抖、房屋摇晃、地面骤裂、黄沙黑水喷向高空。"

目击者则恐骇地说："只见路边的麦田平地蹿起三尺高的黑水，黑水卷着泥沙漫过了公路，填满了路沟，公路也裂开了一尺宽的裂缝。附近村庄腾起的烟尘汇成一片黄云，瓦片乱飞，鸡鸣狗吠，大小牲口到处乱窜。"

在震后短短的时间里，地震谣言和地震误传事件迅速泛滥，仅谣言就涉及河北、河南、北京等3个省市、8个地区、40个县市，影响达数百万人。致使灾区及邻区广大群众惊慌不安，一度无心劳动，工业产量下降，农业出勤率降低，直接损失数十亿元，其间接损失无法估量。

地震谣言和地震误传事件的传播途径，主要是群众之间的交谈，市井坊间的议论，亲朋间的书信往来和基层干部在会议上的讲话。其主要内容大致有以下几种：第一种，说邢台地震是不祥之兆，要天塌地陷了；第二种，说地震是地下的鳄鱼（蚊鱼、鲤鱼、龙王爷）翻身；第三种，说地震要把我们沉下去（沉到大海中），要爆发火山了；第四种，说这是在放原子弹。传播过程中，一些基层干部在会议上的信口开河，给群众造成了更大的心理负担。比如，某县在传达邢台地委的电话通知时，内容本来是"要做好防震工作，既不要惊慌失措，又不要麻痹大意"。但具体到一些基层干部去贯彻的时候，其做法则是：凌晨三点多把村里的群众集合到大街上，说什么地震10天、1个月、2个月、3个月不定，不知道多长时间，也不知道什么时候发生，大家要多注意等等。本来就人心惶惶，如此一来，群众就更加紧张，更加不知所措了。

为什么邢台地区会发生如此强烈的地震？专家的分析是："震区处于滹沱河冲积扇的西南缘，太行山山前洪积——冲积倾斜平原的前缘，古宁晋泊湖积——冲积洼地及冲积平原之间。滏阳河自西南向东北流经震区中部。震区在构造上属于邢台地堑区，它东邻沧县隆起，北接翼中拗陷，西界太行隆起，南邻内黄隆起。这次地震活动严格限制在邢台地堑内部。邢台地堑的总体构造方向为北北东向，内部发育一系列较大的北北东——北东向断裂带，局部尚发育有北西——北西西向断裂。根据物探资料，地堑的凸起和凹陷之间有两条隐伏断裂：一条在南部，方向由西端的北西西向转为东端的北东向；一条在北部，方向为北北东。前者的东北端点与后者的西南端点相距20公里。根据地区破坏和地震活动特点判断，这两条隐伏断裂经这次地震活动已经相互贯通。这次地震造成的地面破坏以地裂缝和喷水冒沙为主。地裂缝沿着滏阳河、古宁晋泊和古河道范围呈带状分布，总体走向为北东30°～35°。喷水冒沙比较普遍，多分布在古河道、地形低洼和土质疏松地区。沿古河道，不仅地裂缝及喷水冒沙普遍，而且位于古河道上的村庄比相邻村庄的破坏严重；在同一村庄中，古河道通过地段的房屋又比其他地段破坏严重。极震区内的居民点多为土坯墙结构的平房，多数分布在巨厚的亚黏土、黏土、粉沙土等沉积物之上。在地震中，受喷水冒沙、沙土液化的影响，土层承压能力显著降低。另外，这里过去是涝洼盐碱地区，由于地下水和盐碱的长期腐蚀，地基、墙脚很不结实，使房屋的抗震能力大大减弱，因而破坏严重。"

1966年3月10日，中央人民广播电台播发了新华社所发的关于邢台地区发生地震的消息。3月11日，《人民日报》以"河北邢台发生强烈地震，党和政府领导人民大力救灾"为题，在头版头条报道了邢台发生大地震的消息。

邢台大地震瞬间使"邢台"这一陌生的地名名扬四海，同时还创造了诸多的"中国之最"：开创了"一方有难、八方支援"的先河；是中国人民解放军首次大规模投入"军救"的开端；中国的地震预报事业在这里起步；全国最早的群众性地震预报队伍在这里诞生；包括地质部长、著名地质力学家李四光在内的近四千余名科学家和全国一百多个科研单位云集地震现场列全国之首；中共中央和国务院以及有关部委的百余名国家级、省部级、将军级领导来这里慰问、视察、考察史无前例；唱响全国并在那个时期家喻户晓、人人皆知的《天大地大不如党的恩情大》诞生于此……

然而，这一件件都值得我们感动和铭记的历史事件，都源自于一个人在邢台大地震发生后的第一时间里，拖着年迈的身躯，从北京的中南海，来到了正在经历这场浩劫和磨难的邢台大地。

本文作者（左）在邢台地震资料阵列馆采访邢台地震亲历者

他，就是我们敬爱的总理周恩来。

邢台大地震发生后的第二天，周总理就来到了地震重灾区邢台地区的隆尧县。第三天，又去了该县的震中白家寨村。7.2级强震后，他又从北京来到震中宁晋县的东汪村和巨鹿县的何寨。可以这样说，"大地震"后所诞生的诸多"中国之最"，都是因为周总理那细微的体贴、关怀和亲自部署。

至今，这里民间仍流传着的"周总理三进邢台大地震灾区"的故事。

2015年的3月8日至4月2日，我特意选择这个与五十年前相同的时段，沿着周总理曾经走过的足迹，重温当时的情景。我去了周总理曾经去过的地方，采访了当年见过周总理的干部和村民，试图用文字来再现周总理在邢台大地震时来到这里的那些点点滴滴甚至是细枝末节，重温和品味什么是"总理和人民心连心"，什么是"总理爱人民，人民爱总理"，什么是邢台人民"抗震精神"的深刻内涵。

第一章　马上准备，我要赶快去灾区

　　这是一个极为普通的日子，公元1966年3月8日，农历丙午年，也就是马年的二月十七日，惊蛰过去的第二天。

　　对于华北地区的乡村农民来说，这是一年中比较闲适的季节，正月刚刚过去。按照这一带乡村的风俗，出了正月，才算是真正过完了大年。大家拜过年磕过头串亲访友高兴完，吃饱喝足玩够了，该干正事了。但这时候天还有点冷，前两天还下了一场小雪，淡淡的，还没有完全覆盖住地皮。整整一个冬天都没有下雪了，初春时突然下了点雪，大家还是有点兴奋。大地春寒料峭，棉衣还不能脱身，村外大田里的麦苗刚刚有点返青，广袤的旷野还处在一片肃杀之中。在这样的节气和日子里，农民们除了拾掇和准备一下开春的农具，天一黑，一般就早早进被窝睡觉了。

　　这天深夜，大概凌晨1点左右，在河北省邢台地区隆尧县稍微偏东南约十五公里的白家寨公社的马栏村，26岁的民兵副连长袁桂锁，从村子大队部排练完庆祝三八妇女节的文艺节目后回家，路过村南的"三官庙井"时，下意识过去看了看，惊奇地发现，这里的井水已经涨到井口了，并且还在不停地往外溢呢，同时，鼻腔里还弥漫着浓烈的硫磺味。他有点不知所措地站在井边，拍着脑袋默默自语，一遍遍问自己："奇怪，奇怪，这是咋回事啊？水咋就冒出来？咋还有这么臭的气味啊？"

袁桂锁没有走，围着水井转圈儿，他想起了三天前，即3月5日下午，村里一位基干民兵来向他报告，说村里的三官庙井的井水一直往上涨，还不停地翻腾着水花，里面一定有大鱼。袁桂锁闻声大喜，撺掇着找上本村几个年轻人来到井旁，让人用一条绳拴在腰间把他卸到井里。这口水井不深，口也不粗，是村中三十多口水井之一，但很古老，从老辈儿就有了。袁桂锁进去以后，看到井水在里面翻腾，还哗哗啦啦响着，不停地冒花翻泡，但上涨的速度并不快。他让人从井外递下来水桶，一桶一桶往外淘，意思是把水淘少了就能露出大鱼了。井里的水很快就淘干净了，不但没见到大鱼，连一条小鱼也没看到。正纳闷迷惑之间，刚淘过的井底就又往外蹿水，刹那间就到了膝盖，稍一愣怔就到了腰间，于是袁桂锁大喊一声："不好！水冒出来了，快，快往上拉我！"从井里出来，袁桂锁和大伙在井旁叽叽喳喳议论了一番，也没弄明白个所以然，就散去了。当时，他们只是想淘出个大鱼，现在落空了，觉得挺败兴，根本没朝别的地方去想。今晚排练完节目，袁桂锁从这里路过时，也就有意识去看了看这口有点不太"正常"的水井……

现在，这口水井再次"奇怪"得异常，而且井水暴涨得都溢了出来，还有一股股刺鼻的臭味。这是怎么回事，是不是有什么大的异常天象要出现啊？他还联想到本村孙胜之家里喂的一只大黑狗，前三天跑到村东地里刨了个大坑住下，并卧在里面对天长叫不肯回家，仿佛要告诉人们什么或者逃避什么。

回到家里以后，袁桂锁久久不能入睡，把妻子也惊醒了。妻子埋怨道："干啥呢，还不睡，都几点了！"袁桂锁拧着眉头说："咱村的那三官庙水井，你知道吧？"妻子纳闷："我知道啊，深更半夜的，你说井干啥？"袁桂锁小声道："我刚才回家时从那儿路过，看见井水往外冒，还有一股子怪味。我一直寻思，这是不是要出啥大事啊？"妻子想了想说："别胡说八道了，你还民兵连长咧，可不兴迷信啊，快睡吧。"袁桂锁不服道："这是科学，可不是迷信。要是自然界有啥大事发生，肯定得有啥子反应和动静。这水井三天前就开始奇怪，今天更厉害了，水涨得都往外流了，我总觉得这是要出什么事的兆头啊。你看，咱这地方连续两年干旱，这一冬天里没下一点雪，可昨天居然下了场小雪……"袁桂锁中专毕业，学的是畜牧专业，在村里可是响当当的文化人。不过，袁桂锁只是这么寻思、疑惑，因今天很累，他想了那么一会儿，就躺下沉睡了过去。

也许，睡下后的袁桂锁会做很多荒诞和怪异的梦，但他做梦也想不到，这是一场大地震的前兆，他更是做梦也想不到，就是这口水井，从此改变了他的人生轨迹和命运。大地震之后，袁桂锁痴心扑在地震预报事业上，这口水井被河北地震局命名为"马栏一号地震观测井"，号称是"中国地震观测第一井"，他成为名副其实的地震"土专家"。不但李四光来过这里，而且国内外三十多个专家学者和科研机构多次前来拜访他。他多次参加全国性的地震会议。

袁桂锁睡时快两点了，在三个半小时以后……

后经权威测定的时间是：1966年3月8日北京时间5时29分14秒，在河北省邢台地区隆尧县（北纬37度21分、东经114度55分）发生震级为6.8级的大地震，震中烈度Ⅸ度强。

这个位置，正是袁桂锁所在的马栏村，正酣睡的人们猝不及防，全部被埋入土石瓦砾和坍塌的断墙折梁之中。全村除两间卧砖房和一间土坯房外，1920间房屋全部倒平，物品全部摧毁，全村基本上被夷为平地。1836人的村子，有502人被倒塌的房屋砸死，重伤112人，轻伤319人，砸绝32户。袁桂锁全家，包括他自己的女儿，有5位亲人在地震中死亡，他本人也被砸伤了一条腿。马栏村所在的白家寨公社，共

白家寨马栏村受灾图

有房屋19498间，倒塌19242间，死亡1687人，致伤3988人……

　　然而，也有例外，就是曾经令袁桂锁奇怪的孙胜之家的那只大黑狗。蹊跷的是，这只大黑狗在大地震当晚的下半夜，突然自己回到了家中，咬住老孙的裤腿使劲往外拉。老孙以为是狗疯了，又把它打了出去，可是打跑了几次回来了几次。后来老孙干脆硬是把它锁在门外，可这狗还是不肯离去，在门外转来转去，且狂叫不止，声音凄惨。气得老孙连觉也睡不成了，就跳下床揍它轰它。可刚走到外面，大地便轰轰隆隆作响，天旋地转，大地震就发生了，房屋訇然倒塌，而老孙和这只大黑狗却安然无恙。

被震断的宁晋县滏阳河桥梁

　　这一次大地震，是邢台地震群系列中的首次，极震区为：北起宁晋县的徐家庄史家嘴，东至巨鹿县的北哈口，南到隆尧县的莲子镇，西到营庄、刘通庄，面积约300平方公里，破坏最严重的是马栏、任村一带。

　　1987年3月，坐落在隆尧县城的"邢台地震纪念碑"落成，19.66米高，为1966年之意，上面有国家主席李先念的题词，下边有一圈汉白玉的浮雕，勾勒出当年抗震救灾的情景。一场突如其来的灾难，使毫无准备的人们伤亡惨重，活着的人从废墟中挣扎出来，抬起倒塌的房梁，救出被压在下面的乡亲。其碑文中有一段是这样描绘这次地震的："震前，地光闪闪，地声隆隆。随后大地颠簸，地面骤裂，张合

坐落在隆尧县城的邢台地震纪念碑

起伏，急剧抖动，喷黄沙、冒黑水。老幼惊呼，鸡犬奔突。瞬间，五百余万间房屋夷为墟土，八千零六十四名同胞殁于瓦砾，三万余人罹伤致残，农田工程、公路、桥梁悉遭损毁。灾情之重实属罕见，伤亡惨状目不忍睹。"

牛家桥村民牛平芬回忆说："当时我13岁，就是在铁姑娘班。铁姑娘班搬到队部，我们都没在家睡。有五六个闺女，这几个闺女

邢台地震纪念碑

李先念

一九八六年十月廿三日

李先念为纪念碑题词

都是在队部睡的。那天3月8日地震了，地震了都把俺们砸到底下了。我砸得比较轻，我爬起来了，脚底下砸了点土，后来我就急忙这个喊那个喊的。把别人都挖出来了，把邻居家人都挖出来了，我才回家。回家以后，俺娘她也砸在底下了，先开始喊还有点儿音，越喊越挖就越没音了。俺大娘也和俺娘一块睡的，才挖出来就没气了……"

地震时地面喷沙冒水

著名地球物理学家、中国科学院院士、中国地震学会现任理事长陈颙，当年他刚从中国科技大学地球物理系毕业分配到地球物理研究所工作，回忆当时的情景，这样描述道："当我3月8日来到地震震中时，被周围严重的灾情惊呆了。在马栏、牛家寨和耿庄桥等村子里，几乎看不见完整的房屋，整个村庄变成了一片废墟。第一批到达现场的同志告诉我，他们刚抵达震中时，道路两旁到处可见来不及掩埋的遇难者尸体。那时无房可

地震后道路积水

住，现场工作队的同志挤在一条破船上度过了最初的几个夜晚，直到帐篷运到为止。"

大地震突兀而至，可谓天塌地陷，满目疮痍。到处残垣断壁，房屋倒塌，河堤决裂，从地上断裂的大缝里不断往上喷沙冒水。灾区人民伤亡惨重，到处哭声一片，惨不忍睹。

在邢台首次大地震发生的瞬间，远在北京的中南海也有强烈的震感。当时，国务院总理周恩来正在中南海的办公室里审阅文件，电灯突然晃动起来，他警觉地站起来，问秘书："怎么回事？是不是哪里发生地震了？赶快去问！"

据时任周总理军事秘书的周家鼎中将回忆说："3月8日地震发生时，总理正在中南海办公，忽然看到头顶的灯泡在晃动，他就赶紧打电话通知有关部门火速查找震区。很快，邢台发生大地震的消息传来。"周总理令其通知总参谋部和国务院值班室，立即查明地震方位、震级、震中区所在、人员伤亡、铁路水库安全等最急需了解的情况，迅速上报。并责成总参谋部通知震区附近驻军，立即做好开赴地震中心的应急准备。上午一上班，在初步查明震情后，周总理当即命令北京军区驻石家庄和邢台地区的六十三军及河北省军区的部队立即出动，携带急用药品、担架、帐篷和抢险

解放军跑步赶往灾区

工具，迅速赶赴震中地区，救死扶伤，抢险救灾。

在第一时间里，驻邢台的解放军某部最早到达了地震现场，他们用军用电台向北京报告了灾情。

对此，徐信曾撰文回忆道："当时，我在驻军任副军长兼参谋长。那天早晨5点钟，一阵强烈的震动把我从睡梦中惊醒，我意识到这是地震了。震后不到一小时，我们带领军部一些指战员乘一辆吉普车、一辆大卡车从石家庄出发了。我们边走边了解情况，很快查到震中在隆尧县。我和军长蔡长元同志是军部第一批赶到现场的，我们迅速组织部队建立了抗震救灾指挥部，并用无线电台很快与北京军区、国务院建立了通讯联系。"

紧接着，中共中央、国务院相关部门和相关部委陆续向周总理做了详细汇报。周总理当即向毛泽东主席进行了汇报。毛泽东得知这一情况后，对灾区人民十分关心，他提出由国务院全权负责抗震救灾事宜，要求立即派解放军去灾区帮助当地人民抗震救灾，并组织灾区人民自救。之后，周总理下达了两道紧急命令部署救灾：

第一道命令，通知解放军总参谋部，让北京军区通知驻石家庄部队和河北省军区，火速派当地驻军赶赴地震灾区，救死扶伤，抢救灾民；

第二道命令，指示空军司令部准备直升机，次日一早随他到震区现场视察灾情。

周总理忧心忡忡，急切地说："马上准备，我要赶快去灾区！要亲自去看看那里受苦受难的人民群众！"

8日这一天，周总理一直很焦急。除当天上午在国务院会议厅召开紧急会议对抗震救灾工作做了紧急部署，并制定了一个《关于河北地震抢救工作部署的报告》报请毛泽东批准外，他还让秘书和相关部门送来有关邢台、隆尧的地图和县志等资料，并不停地询问各方面救灾的到位情况。

到了晚上，周总理连夜召集国务院和总参谋部有关人员开会，商定紧急措施并通告刘少奇、邓小平、彭真、陈云、李富春、李先念、

周恩来总理1966年3月9日批示

谭震林、薄一波、肖华、杨成武等人："1．由国家科委和科学院为主，集合地质部等有关地质勘查和物探技术力量，前往地震现场进行探测、观察和研究，以便进一步判明地震范围、性质和方向，并将有关资料带回北京进行科学探讨。2．由曾山（时任国务院内务部长）代表中共中央、国务院前往视察慰问，并进行救护安排。3．由卫生、公安、内务、供销社、兽医、铁道、农业等部门组织医疗、供应、工程人员随队前往，协助当地进行救护工作。4．我拟于明（九）日下午飞石家庄，视察这次地震灾情。"随即又召开专题会议，接见了国家科委及中科院地质部等有关部门负责人，听取震情汇报，布置研究地震测报等问题，说："由科学院布置，与各部门联系，解决地震的延续时间与发展方向的测定。要行动起来，到现场去，到实践中去。凡需增加人力、物力的，可以调动。"并当即指示地质部部长李四光迅速组织专家奔赴灾区。李四光当晚向地质部传达周总理的指示，决定派出一支23人的地震考察队连夜赶往震区。

这期间，周总理已经从资料和汇报中详细掌握到了邢台和隆尧在地理和历史上的有关情况，包括历史上的地震记录。

根据隆尧县清代各个版本的《隆平县志》，该县历史上关于地震的记载：

公元前777年，周幽五年，地震；1675年，清康熙十四年，尧山地震，柏乡亦震；1727年4月，清雍正五年，隆平地震；1738年，清乾隆三年冬十一月廿四日，地震；1746年9月23日，清乾隆十一年，隆平夜地震有声；1810年，清嘉庆十五年冬十月地震有声；1852年3月10日，清咸丰二年，尧山地震，门钮相击有声；1855年10月17日，清咸丰五年，尧山丑刻地震，如重车行自北而南……

邢台地震资料陈列馆

1966年3月9日一大早，周总理就从中南海启程，坐车辗转到北京西郊军用机场，然后乘坐直升机前往石家庄。

得知周总理乘坐直升机要来石家庄时，从邢台赶来的河北省委副书记阎达开，和石家庄的驻军六十三军军长张英辉、石家庄地委书记康修民、邢台地委副书记张双英等同志，一起到当时还是郊外的现石获北路大郭村一带的空军石家庄第四航校机场等候迎接。

当时的河北省会还在天津市。1966年1月，中央做出了天津市改为中央直辖市的决定。鉴于天津市隶属关系的变化，因此，在1月25日这天，河北省委决定：省会由天津搬回保定。但还没有向各单位发出正式搬迁通知，各项准备工作正在进行，并定于4月24日起正式搬迁，所

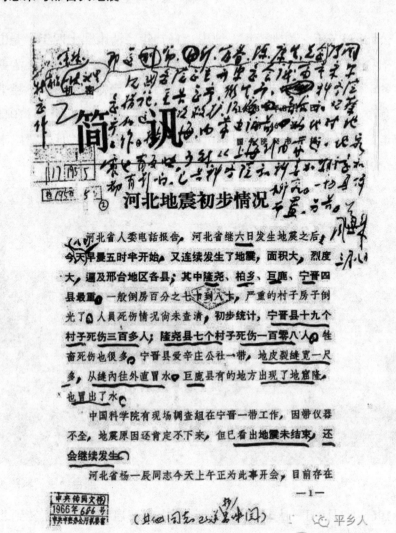

河北地震初步情况

河北省人委电话报告，河北省继六日发生地震之后，今天早晨五时半开始，又连续发生了地震，面积大，烈度大，遍及邢台地区各县；其中隆尧、柏乡、巨鹿、宁晋四县最重。一般倒房百分之七十到八十，严重的村子房子倒光了。人员死伤情况尚未查清，初步统计，宁晋县十九个村子死伤三百多人；隆尧县七个村子死伤一百零八人。牲畜死伤也很多。宁晋县爱辛庄公社一带，地皮裂缝宽一尺多，从缝内往外直冒水。巨鹿县有的地方出现了地窟窿，也冒出了水。

中国科学院有现场调查组在宁晋一带工作，因带仪器不全，地震原因还肯定不下来，但已看出地震未结束，还会继续发生。

河北省杨一辰同志今天上午正为此事开会，目前存在

——1——

周恩来总理1966年3月8日在《河北地震初步情况》简讯上所作的批示

以工作十分繁重和忙乱。而此时，邢台地区发生了强烈地震。当天下午，也就是3月8日下午，华北局领导张铁夫、翟英，北京军区副政委刘跃同，河北省副省长郝田役，邯郸地委书记庞钧、专员周吉福，邯郸市委书记刘英等人，均赶赴邢台。

晚上9点半，河北省委副书记阎达开由石家庄返回邢台，并连夜组织召开了紧急会议，会议做出了如下决定：

一、在灾区大力宣传毛主席、党中央、国务院以及各兄弟单位的关怀和支持，用毛泽东思想武装干部群众，振奋精神，发扬顽强的革命干劲，战胜灾害。

二、坚定灾区干部群众的信心，说明过去很多灾害都克服了，这次灾害也是能够克服的。

三、要相信党，相信社会主义制度，相信集体的力量，不要轻信谣言，要宣传科学道理，克服迷信思想。

四、把死的人很快掩埋起来，教育群众因陋就简，不要棺材，这方面党员要带头。

五、对受伤人员紧急抢救，华北局已通知北京军区和当地驻军的医务人员尽快投入抢救，国务院已通知北京、辽宁、山东等省市，组织60个医疗队，到灾区抢救伤员。

六、迅速安排群众生活，吃的光靠运输是不行的，要很快搭起临时锅灶，住的要打地洞、地窖，使群众有安全感。

七、灾区各地县所有可能抽调的人员都要下去，驻灾区工作队要全力投入抢救工作，村村要派有工作队。

八、建立临时基层组织，把人力物力组织起来，恢复秩序。

九、有些重灾区，大部分人死伤，没劳动力埋死人抬伤员，除各级机关下去人外，与北京军区商定，当地驻军去三个师加以帮助。

十、尽快恢复生产，首先恢复抗旱斗争，要三五天内把生产恢复起来。

接待周总理的工作，是石家庄地区负责的。根据当时的情况，石家庄距邢台近，而且只有石家庄有军用机场。按照事先的计划，安排周总理下榻石家庄地委招待处白楼宾馆，也就是人们俗称的"小白楼"宾馆（即如今的"太行国宾馆"）。其实，白楼宾馆的"白楼"

二字并不是因为楼的颜色是白色的,而是源于几十年来被人叫惯的
"小白楼"招待所。新中国成立之初,这里曾是一座保育院,再之
前,是日本"三菱洋行"所建的一座二层灰白色小楼,因"珍珠港事
件"爆发,没来得及使用就被封存了。石家庄解放后,政府在其北面
建造了两处青砖瓦房当保育院。1950年年底时,北京来人为毛泽东主
席的休养而选址于此,石家庄市政府遂决定将保育院进行维修改造以
便接待毛主席。1951年2月28日至4月27日,毛主席在这里悄悄居住休
养了两个月。当时"抗美援朝"取得了第三次战役的胜利,朝鲜战局
大体上稳定下来,毛主席松了一口气。此前,爱子毛岸英在朝鲜战场
牺牲带来的悲痛,在毛主席心头一直难以消解、释怀。他想离开北
京,找一个僻静的地方,集中一段时间去编选《毛泽东选集》。他以
休息的名义向中央请了假,悄然离开北京来到这里。毛主席回京后,
"小白楼"一直作为内部招待所,后改为白楼宾馆,素有"河北钓鱼
台"之称。

石家庄市白楼宾馆

周总理乘机到达四航校机场,飞机停稳后,机舱门一打开,周总
理就站在机舱口,高举着左手向人们招手致意,并走下舷梯和前来迎
接的阎达开书记、张英辉军长等人一一握手,迫不及待地询问:"震
区情况怎么样?"

大家简短汇报。

随后，大家一同乘车前往"小白楼"宾馆。

在车上，听说部队是最先到达地震灾区现场的，重灾区的村子基本上安排了一个连的兵力，周总理很欣慰，赞赏道："不愧'大功团'团长，你这立下赫赫战功的将军，把这次地震当作一次硬仗来打吧。"

张英辉军长坚定地说："请总理放心，我们会全力以赴。"

张英辉当时是六十三军第七任军长。他1913年出生于江西省赣州市兴国县长冈乡上社村，1955年被授予少将军衔。他出生于贫苦农家，1928年参加农民协会，1930年参加中国工农红军，1932年加入中国共产主义青年团，1935年转入中国共产党。土地革命战争时期，历任红四军政治部保卫队勤务员、南路军独立团班长、红七军军部电话员、红三军团五师电话班长。参加了中央苏区一至五次反"围剿"战争和二万五千里长征。抗日战争时期，任晋察军区一分区一团三营十连连长兼政治指导员、三营营长，易县支队支队长，冀中军区二十四团团长。解放战争时期，历任晋察冀军区三纵八旅二十三团团长、七旅副旅长、八旅旅长，十九兵团一八七师师长。1947年10月，他率二十三团参加了石家庄战役，指挥全团指战员英勇顽强地与敌人拼搏，为解放石家庄立下显赫战功。总结大会上，纵队首长郑维山、胡耀邦授予他率领的二十三团"大功团"荣誉称号，并授予"能攻能守、英勇顽强"锦旗一面。他曾担任电影《解放石家庄》军事顾问。新中国成立后，历任六十三军一八八师师长，中国人民志愿军某师长，六十三军副军长、军长，北京军区炮兵司令员。

邢台大地震发生后的当天，该军就成立了以军政委蔡长元为总指挥的前线救灾指挥部进驻灾区。

当时，驻扎在邢台地区的部队，主要是六十三军一八七师和一些地方部队。六十三军是一支在抗日战争的烽火硝烟中历练出来的队伍，与晋察冀人民结下了深厚情谊。地震灾害袭来时，他们又冲到了灾区最前线。

六十三军驻邢一八七师接到地方通知，得知隆尧附近地震很严重死不少人时，当时他们正要召开政工会议，干部都到齐了，于是立即召开临时碰头会，决定停止政工会，马上奔赴灾区抗震救灾，同时拟出报告一边上报军部，一边组织部队迅速行动。该师距隆尧最近的五六〇团，于3月8日凌晨5点多钟集结出发，带着工具跑步前往。距驻地三十七八里不到四十里的路程，命令在两个小时内必须赶到。地震后，公路两边都漫出了水，道路不通，只能抄近路，怎么近怎么跑。战士们个个累得满头大汗，气喘吁吁，上气不接下气。就这样，奉命执行抗震救灾任务的部队于早晨8时许，也就是地震过后仅仅三个小时，就以最快的速度到达隆尧县的任村、马栏村、白家寨等震中重灾区。到3月9日下午，赴隆尧县地震灾区的部队已达两万余人。救灾部队在县城设有指挥所，在重灾公社白家寨、牛家桥、千户营、毛尔寨、莲子镇等地配备了营级救灾兵力，连排小分队直接参加各村庄的抢险救灾工作。部署在灾区的兵力相当于重灾区当地人口的十分之一。各救灾部队的配备

解放军战士照顾隆尧县毛尔寨村双目失明的老大娘，每天送水送饭。

展开，一律由救灾部队领导机关统一指挥。官兵们不顾长途行军的疲劳，立刻投入了救灾抢险。战士们托起房梁，清除瓦砾，抢救那些被埋在废墟下的伤员，甚至奋不顾身地钻进倒塌的屋梁下，抢救出压在里面的受伤群众。

我在隆尧许多村子采访时，上了年纪的村民们回忆起当年亲历的

情境，都激动地说，大清早看到在村里救人的都是当兵的，以至于后来许多小孩都改名叫"军救"，什么张军救、王军救、李军救等等很多。

曾是隆尧县白家寨村的支书，如今已71岁的武永贵老人回忆说："解放军都是用双手挖着救人。我看见好几个当兵的手都流血了。因为当时村里都是土坯房，人压到下面，用铁锹或者镐头什么的去挖太硬，怕伤了人，他们都是用手在碎土坯里面刨。看他们双手血淋淋的，真让人感动啊！"

周总理下榻"白楼宾馆"稍作休息，详细听取各级领导对地震发生后各方面所采取的措施的详细汇报之后，提出要连夜赶到隆尧，并问交通工具怎么样："你们安排我怎么去，坐汽车还是火车？"

张英辉军长说："已经安排好专列，从石家庄坐火车向南，到一个叫冯村的站下车，然后再安排军车接您去隆尧，政委蔡长元和副军长徐信在冯村火车站接您，冯村离隆尧县城二十多公里。"

周总理说："好，我们今晚就出发。"

这时，张英辉军长就给在隆尧县坐镇指挥救灾的副军长徐信打电话，说周总理今晚就要去隆尧。徐信闻声大惊，说最好现在不要来，我们可以去石家庄向他汇报，因为现在余震不断，不太安全。

张英辉向周总理说了这个情况，建议最好不要去。

周总理不高兴地说道："你们能去，现在他们还在隆尧，我为什么就不能去？"

河北省委副书记阎达开也在旁边说："总理，您旅途劳累，又是晚上，休息一夜，不行明天再去吧。"

周总理说："我是坐飞机来的，又坐着车去，用不着在地下跑，也累不着，我必须马上到灾区。"

邢台地委副书记张双英说："就是担心总理太累了……"

周总理反驳道："我还不觉得累，你怎么知道我累了呢？咱们就这样定了。"

阎达开书记还想劝阻："可是……余震不断，总理，不安全……"

周总理挥挥手，有点着急，坚定地说："那么多群众都不怕不安全，我们还能怕不安全吗？地震没什么大不了的，今夜一定要去，不然我会睡不着觉！"

晚饭，按照周总理给警卫员的交代，招待所方面安排的饮食是炸酱面，还有菠菜、绿豆芽。招待所领导见太简单了，就从外面买了一只烧鸡端了上去。

周总理见状让他们端回去，不高兴地说："灾区群众在受苦受难，现在恐怕连饭都吃不上，你们却让我吃烧鸡，我不吃，快拿走！"

于是，周总理只吃了一碗炸酱面，然后，于晚上8点半，从石家庄登上专列沿京广线南下。经过一个多小时的行驶，快9点时，专列到达了冯村火车站。

第二章　大家不要怕，这是余震

　　1966年3月9日晚9时许，6辆军用吉普车，在漆黑的夜幕里，列队沿着崎岖不平的公路自西向东缓缓行驶。

　　耀眼的车灯刺透了天地混沌成一体的黑暗，依稀可以看到天空中倾斜着飘落而下的细雨，初春的西北风充斥着寒意，颠簸摇晃的车灯光柱下，沙石路坑洼不平，还不时有因地震而断裂的缝隙一闪而过。

　　此时此刻，周总理就坐在吉普车里，由六十三军政委蔡长元、副军长徐信等同志陪同，连夜前往隆尧县城。

　　隆尧县地处太行山东麓，西、中部属山前冲积平原，东部属冲积平原，中间有少量交接洼地。地势西高东低，海拔25~60米之间，坡降1/1000，小平原面积约占总面积的96%。全县河流横跨两个水系。滏阳河以西为子牙河水系，流域面积676.2平方公里。滏阳河以东为黑龙港水系，流域面积72.8平方公里。境内有5条主要河流，总长107.6公里，滏阳河、北澧河、小漳河南北纵贯县境东部，泜河自西向东偏北穿越县境，午河自西向东横跨县境北部，均属季节性河流。

　　隆尧县的得名，是历史上由隆平县和尧山县合并而成。目前辖6镇6乡，人口51万，西南与内丘县、任县为邻，东北与巨鹿县、大曹庄管理区接壤。该县历史悠久，物产丰富，是远古人类重要活动区域之一。上古时期尧、舜、禹曾在隆尧一带活动，境内宣务山（又名尧

山）即为唐帝尧的采封之地。尧帝在此封疆，治理天下，这里被称为
"唐尧故土"，尧曾于此繁衍生民凡七十载。县北固城东一里许为古
象氏城址，相传舜弟象曾居此。境内泜河两岸有仰韶文化（后岗类
型）遗存三处（西山南遗址、西侯南遗址、北村东遗址），北小霍村
南一公里处曾出土龙山文化石器、陶器，1954年在丘底村南发现地下
夯土墙、石凿以及在双碑村一带出土绳文陶鬲等，文物古迹遗存丰
富。

最著名的遗存有宣务山、唐祖陵、柏人城。

尧山庙会

宣务山，在历史上曾叫虚无山、尧山，又名唐山，在县城以西六
公里，原尧山县城而今的尧山村以北4公里处，主要由东麓的宣务山
和西麓的尧山两座主峰组成，统称为宣务山。山势呈东北——西南走
向，东西广三里，南北长七八里，属于太行山余脉。尧山北峰，海拔
119米，面积1.2平方公里，形成了冀南地区的一绝——平原孤峰。山
上有书房楼、舍利塔、石窟等，其每年农历四月初一开始绵延一个月
的庙会盛况空前。历史典籍和古迹文物都载明，宣务山是我们祖先父
系氏族社会后期部落联盟领袖陶唐氏的封地，山以西的柏人城是他所
建的国都。陶唐氏曾在这一带领导人民治理洪水，开垦土地，种植庄
稼，繁殖生民。尧帝为了选拔继任者，还在这里考查、接纳了舜，并
把帝位禅让给了舜。舜的异母弟象曾住在宣务以东的固城，因此历史
上山以东的隆平县曾叫象氏县、象城县。舜的继承人夏禹曾在宣务山

以东疏导黄河之水，修成大陆泽。

唐祖陵，也称作大唐帝陵，是全国重点文物保护单位。该陵位于县城正南15公里王伊村北，为唐玄宗李隆基八代祖宣简公李熙、七代祖懿王李天锡陵墓，始建于唐高祖年间。今陵封土已平，仅存翁仲、华表、石马、石狮等。当时，李渊的爷爷李虎官至太尉，并辅佐宇文泰建立了北周政权，成为开国功臣。他死后，北周皇帝追录其功，以其故里是唐尧之乡追封他为唐国公。李渊出生于长安（今西安），祖籍在邢台。后来，从太原起家的李渊废掉隋恭帝杨侑并打败了所有对手，建立唐王朝，

唐祖陵

定都长安，李渊即为唐高祖。他建立唐朝后，举行了隆重的追封祖先的仪式，共追封了四世祖先。公元646年，唐太宗下诏修建祖陵，历时18年，至高宗麟德元年完成，距今已经1300多年。唐祖陵东500米处建有附属建筑光业寺，寺内曾建有三大宝殿及钟鼓楼、宝塔、珠台、仙馆、碑林等，光业寺屡经兴废，"文革"时遭破坏，现为耕地。寺内唐代碑刻光业寺碑现存于隆尧县碑刻馆，具有重要的历史价值与艺术价值。

柏人城，也称古柏人城，位于县城西偏南12公里处的双碑乡亦城。双碑乡是古代的兵家必争之地，汉墓众多，但都已被盗。该地原系春秋时期的柏人邑。西汉时，由汉高祖刘邦始建柏人县。唐天宝元年，柏人城遭遇水患，县治东迁至3公里处的尧城镇。其为春秋战国时期的历史名城，距今已有2600余年。古城遗迹呈凹形。城墙围8017米，厚度为15米，高度为9.15米，城郭面积约4平方公里。此城原有城门9座，靠水的北面1门，南面2门，东西面各3门。城墙犹如山峦起伏。登临气势磅礴的柏人古城垣，一览平坦的大平原，烟村雾树，如

画似锦。这里遗有商周时期的陶窑及大量陶器。城周围有众多战国及汉代墓，墓中出土有砂陶罐、铜镜、铜带钩、青铜剑、铁剑以及战国时期的错金铜带钩玉璧、玛瑙等饰物。柏人城是华北地区罕见的古城池之一，亦是全国第七批重点文物保护单位。

隆尧是传统的农业大县，主要农产品有小麦、玉米、棉花、油料、蔬菜等，是全国第一批商品粮基地县、河北省首批农产品加工示范县、河北省粮食生产核心区。是中国最大的方便面生产基地，年产方便面80万吨，面粉60万吨，饮品30万吨，挂面20万吨，休闲食品3万吨，年消化小麦120万吨，被授予"全国食品工业强县"称号。闻名的"华龙面""今麦郎"总部就设在距县城东南13公里的莲子镇。

这里的矿产资源，如石灰岩、大理石、烟煤、石膏，储量丰富。在民俗方面，隆尧秧歌、招子鼓、泽畔抬阁被列入国家级非遗名录。其中招子鼓多次在省、市民间艺术赛事中获奖，曾代表河北省参加全国民间鼓舞、鼓乐大赛，并荣获全国民间文艺最高奖"山花奖"。

震后，隆尧县城的景况比从冯村来这里的路况还要差。全县供电系统被震坏，到处一片黑暗。前往县委办公楼的路也不通了，四处都是倒塌的房屋，周围均是砖头瓦块。县委领导和干部们从吉普车上接下周总理，直奔设在县委办公楼二楼的抗震救灾指挥部。

干部们提着马灯，在前面为周总理引路。如豆的极其微弱的灯光，恍恍惚惚。寒风阵阵，小雨虽然停了，但脚下还有点湿滑，磕磕绊绊的。大家怕周总理摔倒，就搀扶着他深一脚浅一脚地前进。

在此之前，大约6时左右，隆尧县委书记张彪接到了邢台地委书记刘琦打来的电话，声音急切而简短："周总理要到你们那里看看，你们要马上准备一下，注意保密，一定保证首长的安全。"张书记迅速布置安排，时隔三个多小时，周总理就来到了隆尧县城。

周总理摸索着往前走，有几次被路边的碎砖和倒下的横木所绊，于是，他就提醒大家："你们也要小心点，这里有个檩条，一定当心脚下。"

　　从邢台发生大地震的那一刻起周总理已经两天两夜没有好好休息了，而此时的总理已经是68岁的老人了。

　　也许是历史的一种巧合：整整十年后，当邢台人民在周总理无微不至的关怀下，响应他在视察邢台大地震时亲自提出的"自力更生、奋发图强、重建家园、发展生产"的伟大号召，通过顽强拼搏、英勇奋斗，将震后的废墟建成幸福美丽的家园之际，他老人家却与世长辞了。因此，2016年3月，是邢台大地震和周总理视察邢台地震五十周年，也是周恩来逝世四十周年。

隆尧县委办公楼。1966年3月9日晚，周总理在此听取汇报并部署抗震救灾工作。

　　在县委抗震救灾指挥部（也是隆尧县委书记张彪的办公室），周总理一进屋，就诚挚地向在场的人说："我来晚了，因为来之前我在北京召开了个紧急会议，请专家们谈谈，征求下意见，看如何对付地震灾害。李（四光）部长也想来看看，我给他做了个规定，不准他到地震中心，先到山口附近下车考察，建议他到山口搞一个测报站，研究、探索地震预报问题。我到石家庄又打听了一些情况，所以来得晚了一点……"

周总理在会议室靠南窗的沙发上坐定后，听取救灾指挥部和隆尧县委的灾情汇报和救灾情况汇报。

由徐信副军长主讲，张彪书记补充。

此前，徐信副军长预先给周总理准备了帐篷，计划安排他在帐篷里休息并听取汇报，原因是当时余震频繁，在房子里不如在帐篷里安全。但周总理不去帐篷里，意思是：你们都在县委楼里办公，那我也到县委办公室听你们的汇报。

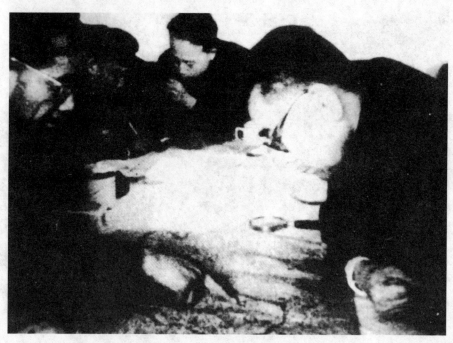

3月9日晚，周总理在隆尧县委二楼办公室听取汇报。

参加会议的有北京军区副司令郑维山、河北省委副书记阎达开、六十三军政委蔡长元、六十三军副军长徐信、河北省军区副司令袁捷、邢台地委书记刘琦和副书记张双英、邢台专署专员冯世英、隆尧县委书记张彪等同志。

当晚周总理进驻并于此部署全面开展救灾工作及作出重要指示

的办公楼，已经拆掉，不复存在了。但他坐过的沙发，则被保留了下来。如今，这件单人沙发被当作珍贵的历史文物，陈列在隆尧县的"地震资料陈列馆"里。

凝望着这一件普通而且十分破旧的沙发，我的眼前，浮现出当时周总理坐在上面与大家座谈、谋划大灾之后怎样迅速开展救助、快速恢复生产和生活的情景……

周总理一落座，就发出一连串的问话：受灾面积多大？震中在哪里？共有多少人受灾？伤亡人数多少？倒塌多少间房屋？现正采取什么措施？抢救工作怎么样……

蔡长元、徐信、刘琦、冯世英、张彪等同志都一一做了回答。

这时，有一位领导讲到目前大概有救灾帐篷一万五千多顶，基本上可以满足救灾急需时，周总理皱皱眉头，立即打断他道："噢，不对吧，什么基本上！刚才不是说有三万多人受伤无处安置吗？这一万多顶怎么够嘛！不行，缺口太大啦，应该马上就近调运，让河北省其他地区支援邢台灾区啊！要不然天这么冷，这么大的风，老百姓住哪儿啊？总不能露宿街头吧！你们赶快想办法！"

"好的，好的，请总理放心，我们马上安排，立即解决！"坐在一旁的阎达开副书记连声应允道。

正在谈话时，突然发生了强烈的余震，房屋剧烈摇动，门窗响声骤起，墙上的尘土和白灰纷纷掉落……

"快跑！地又震了！"不知是谁喊了一声。

还真有人往外跑。

警卫员去保护周总理，各级领导也都站起来，劝总理出去避一下。

周总理推开警卫员，坐在沙发上稳稳地一动不动，望望房顶，沉着自若地说："没事，不要紧，大家不要怕，这是余震，都别慌嘛，要沉得住气！我看这座楼好像是新盖的，要是震倒了，那群众的小屋不都得震塌荡平了？我们还是继续开会吧。"

周总理安详、冷静、自信的神情，感染了大家，忙乱和紧张的情绪，即刻烟消云散。

当时在场的一位县委通讯员，后来是县广播局领导，现在已经退休的老领导告诉我："余震不断，在场的领导都很担心。但周总理不慌不忙，还安慰大家，一直坐在沙发上，纹丝不动，可见总理对地震是多么上心啊。他根本不顾及个人安危，想马上知道震区的现状和救灾的具体安排。一句'大家不要怕，这是余震'，鼓舞和调动了大家的信心和勇气……"

接着，周总理和大家一起分析了灾情，又对抗震救灾工作作了全面的安排和部署。

周总理说："我是代表党中央、毛主席来慰问地震灾区群众的。我觉得地震灾害既成事实了，我们就要沉着应对。下一步的工作，主要是怎样领导群众克服灾害的问题。我们今后的工作方针，是不是这样提出：自力更生、奋发图强、重建家园、发展生产。大家看看，这样的提法，是不是可行？是不是符合我们的实际？"

在场的党政军领导同志都表示赞成，并决定把这几句话作为今后的行动纲领。

后来，邢台第二次大震发生后，周总理又到邢台灾区来慰问和考察，把"重建家园、发展生产"的顺序变换了下。于是，"自力更生、奋发图强、发展生产、重建家园"这十六字方针，在未来的日子里，不但成为邢台大地震时广大人民群众克服困难的巨大的精神动力，也为全国人民在未来的日子，战胜所有灾难提供了坚强信念和勇气。

周总理对抗震救灾工作做出了一系列的指示和要求。

周总理说："在一星期内（到14日）把秩序恢复起来。要帮助群众把死者掩埋好，安置好伤员，使伤病员得到治疗。再帮助群众搭好棚子，把简单的生活恢复起来，然后转入正常的生产救灾工作。对医疗队没来的要动员参加，伤员要很快转送。"

于是，全国各地的医务机构和医疗工作者云集灾区，达到了八千多人，无偿送来价值二百多万元的药品、医疗器械等各种救灾必需品。危重伤员被抬上直升机送往大城市的医院进行抢救。在交通不畅的情况下，直升机运输显得有效及时。这是中国空军直升机部队首次大规模的救灾行动，共出动八十多架飞机和两千多辆汽车运送伤员和物资。位于石家庄的白求恩国际和平医院是一座诞生于抗日战争时期的解放军医院，在邢台发生地震后，该院先后派出331名医务人员，收治危重伤员近1500人。

白求恩和平医院的医生在为伤员治疗

周总理说："加强对受灾社队的领导。受灾严重的社队基层干部死伤过多的，由周围轻灾区抽调一些干部去充实，代理职务，帮助工作，轮流受教育。要发挥地方干部的积极性，提倡学习焦裕禄、王杰，以毛泽东思想为武器，要宣传毛泽东思想，把工作做好。由军队和地方组织统一的救灾指挥部。凡是参加救灾的党政军、医疗卫生，由救灾部队统一指挥。组织后方支援机构，设在石家庄驻军机关，由军长挂帅，邢台和石家庄专区各有一名副专员、石家庄市有一名副市长参加。前方指挥部设在隆尧。"

党中央一声号令，全国人民纷纷无私地支援邢台灾区。有什么献什么，吃的粮食、面粉，御寒的衣服、被褥。湖北运来菱角，山西送来煤炭，从陕西捐来锅碗瓢盆。全国各地区、各部门一百多个单位、3.7万人奔赴邢台地震灾区参加抗震救灾。时任国务院副总理李先念、内政部部长曾山也率领中央慰问团对灾区人民进行了慰问。在短短的三天内，就收到各地捐款16万元，各种救灾物资和慰问品也源源不断地送了过来。当时，仅收到个人汇款就达68万多元，很多邮件没写寄件人的真实姓名，而是写着"共产党员""共青团员""雷锋的战友"等等。藏族同胞还千里迢迢用了26天的时间将240匹良马安全送抵

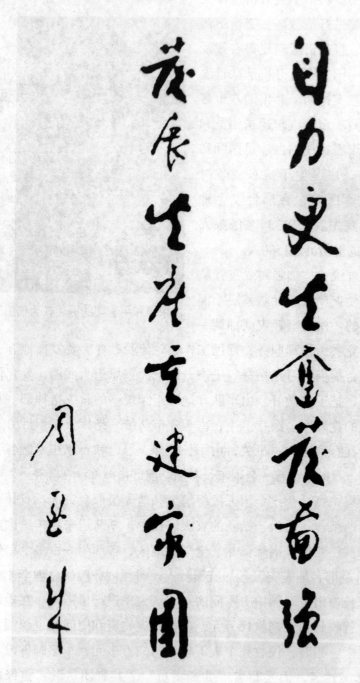

周恩来总理提出的抗震救灾十六字方针

邢台灾区。真正形成了"一方有难，八方支援"的动人场面。

周总理说："每个大队要有三至四名干部组成新的领导核心，最好是从附近轻灾区和非灾区抽调干部支援，把当地群众组织起来。由六十三军统一领导，除组成指挥部外，下设若干分指挥部。还要组成流动组织，一个县委委员管一两个公社，每天深入各公社指挥。做饭用锅达到三户一口，要在两天内落实。"

周总理说："今晚到明天下午把受灾情况、人员伤亡、房屋损坏、群众需要什么的都统计好，明天下午我还来，要给我汇报。"

于是，就有了周总理第二次来隆尧的视察：第二天的3月10日，到受灾最严重的白家寨村进行视察慰问。

周总理说："提高警惕，防止再来地震，造成更大的损失。查了县志，在这里，一千二百年以前，已有过大地震，我们的祖先只给我们留下了记录，没有留下经验。这次地震付出了很大代价，这些代价不能白费！我们还可以只留下记录吗？不能！必须从中取得经验。希望转告科学工作队伍，研究出地震发生的规律来……知道这在外国也是从未解决的问题，难道我们不可以提前解决吗？"

在周总理的指示下，国家迅速在隆尧县建立了一个颇具规模的"红山地震台"。这座地震台是当时全国设备最齐全、人员最多的国家级地震台。现在，地震科研界把红山地震台称为中国地震预报科研的"井冈山"。目前，该地震台仍在积极运转，发挥着巨大的作用。

周总理说："我国历史上有不少地震记录，但没有对地震现象的观察和研究的经验。这次地震我们付出的代价很重，损失很大，必须从中吸取经验，不能依然停止在只有记录而没有经验的地步。虽然地震的规律问题是国际上都没有解决的问题，我们应当发扬独创精神，来努力突破科学难题，向地球开战。这次地震给予我们很多观察地震的条件，要很好地利用这样的条件，我们要总结出经验，为人民造福。我回北京后，要把搞地震救灾的部门都动员到现场来，到现场来的人和灾区群众要很好地配合，解决吃饭问题、防火问题，要解决好发展生产的问题。牲畜，县与县要调节好。把压在地下的东西要很好地挖出来。广泛宣传，要稳定人心。要搭棚，不要在房子里住，防止房屋再倒。宣传工作要按《毛主席语录》146页、174页去做。要根据毛主席的指示，中央的关怀，去克服天灾。"

于是，宣传队组织起来了。这支万人宣传队，其实就是解放军派往邢台的四万余人的救灾部队，开始主要是救灾、救人、救伤员，到后来分发救灾物资、帮助群众建房、恢复生产。

根据周恩来总理的指示，万人宣传队用了一个月的时间，走遍了邢台地区的18个县、市，村村走到，不留死角。宣传地震知识，安定群众情绪。从一片废墟之中抢救出了5300多位乡亲，后来又帮助群众挖出将近180万斤粮食和60万斤棉花。一边进行抢险，一边大力宣传毛泽东思想，使毛泽东思想成为自然劫难之后最强大的国家动员力量。他们帮助灾区人民发展生产、重建家园，使灾区人民振奋了精神，破除了迷信，解放了思想。万人宣传队支援灾区劳动日6万多个，耕地7千亩，播种2万亩，浇地1.8万亩，锄麦1.5万亩，送肥4万余车，还为灾区群众打井、搭建简易房、治病、理发等。万人宣传队的工作受到毛泽东主席的赞扬。后来，中共华北局和北京军区在北京举办了万人宣传队事迹展览，共接待参观人员290万余人次，其中有120多个国家和地区的1300多位外宾，展览在国内外产生了重大影响。

当时，《毛主席语录》的第一个版本，是1958年8月选编、1966年3月刚刚出版发行的。周总理之所以让大家根据毛主席这两段指示去做，意思再明显不过了，一是要大家"全心全意为人民服务"，二是要"不断总结经验，有所发现和创造"。前者说的是我们的态度，后者是讲我们要开始重视研究地震这一特殊的自然灾害。

难道不是吗？在邢台发生地震的当天傍晚，周总理组织专家学者在中南海专题研究地震预测预报时，就跟相关专家说："这次邢台地震，给我们敲响了警钟。看来，我们要加快进行地震的预报工作。"专家面有难色地说道："总理，这可是世界性的难题啊，国外都无法解决……"

周总理斩钉截铁地说："外国不能解决，难道我们就不能解决？！邢台地震，正好是一次契机，我们自己来解决。"

遵照周总理的指示，国家科委迅速组织了中国科学院、地质部、石油部、测绘总局及有关大专院校24个单位、450多名科技工作者携带仪器设备，从全国各地奔赴地震现场，进行考察、调查，建立地震台，开展现场观测及预报研究的探索。石油部306队在震中区开设了18个重力观测点，用海兰德零长式重力仪进行巡回观测；重磁队在震区内外建起了8个地磁观测站，开展震磁关系的探索；莲子镇新桥地震队进行了电阻率、大地电场、大地电磁法观测，研究地震前后地下岩石视电阻率的变化，先后在大柏舍、牛家桥等13个地方建立起了这样的地电观测站。

于是，在很短的时间内，全国50多个科研机构和单位的2600多人奔赴灾区，进行我国地震史上最为壮观的现场考察，布设地震台站50多个，建立了127个群测群防测报点，形成了一支具有中国特色的专群综合的地震队伍。

周总理讲完这些，提出明天要去重灾区白家寨视察。

"白家寨的路已经不通了。"

周总理坚决地说："不通也要去！从什么地方可以去？"

"得从石家庄绕道过去。"

"那好，那我们今晚就回石家庄。"

接着，大家就研究周总理去白家寨的具体路线，以及那里受灾的详细情况。

趁间隙，周总理指示军事秘书周家鼎，向在座的邢台公署专员冯世英索求涉及邢台震区的几个县的县志，目的是进一步了解和掌握这一带的历史和人文情况。

于是，周家鼎就在现场给冯专员写了一张便笺："总理请你帮忙找找以下各县的县

周总理军事秘书周家鼎
写给冯世英专员的便笺

志：隆平、尧山、巨鹿、宁晋、任县、新河……"这张便笺，至今还被冯世英专员的儿子冯三堂珍藏着。

对于明天去白家寨的行程路线，大家有过争执：一种意见是坐吉普车，另一种意见是乘直升机。因为通往白家寨的道路被震坏了，路上有裂缝，还喷水喷沙，即使能过车辆也很危险。如果乘直升机，但气象部门说，明天天气不好，同时还担心飞行员的技术。最后，双方拿不定主意，便建议周总理过两天再去。

周总理不容置疑道："路不通，明天就坐飞机去，定了。"

一直到晚上11点多钟，周总理才结束这次行程返回石家庄。

晚饭，周总理是在隆尧县委救灾指挥部吃的农民用粗粮做的干粮。

邢台地委救灾指挥部按照周总理的指示，当天下达《关于安置好灾民、医务人员、部队和工作队生活方面的几个问题》。全文如下：

为了迅速安置好灾民、医务人员、部队和工作队生活，特对几个突出问题，提出以下几点意见。

一、灾民的吃饭问题

1. 每个灾民要暂时供应成品粮5到7.5公斤。有供应指标的，由指标内解决，没有指标的，可暂先借给，以后处理。

2. 基层供销社，驻村工作队，要确保在两日内，保证每户有一口锅、碗、筷，缺多少补多少。

3. 每个灾民要供应10公斤左右煤炭。

以上三条，要在三两天内，落实到户。有钱的给钱，没钱的由生产队打条，大队管委会盖章，以后结算。

二、医务人员、部队和工作队的生活问题

总的原则是与群众同甘共苦，不要过多地超过灾民生活水平。

1. 医务人员、部队和工作队的住房，也要和灾民一样，搞半阴半阳的小屋，搭简易工棚。

2. 医务人员和工作队自己起伙所需炊事员，应从自己队伍中解决；人数少的也可与部队商洽，在部队摊伙就食。

3. 工棚物料和炊事用具，要和解决灾民问题一样，由当地适当安排解决。

4. 要注意劳逸结合，注意身体健康。晚上加班熬夜的，白天要适当休息。

三、保畜和伤畜处理问题

1. 灾后的好畜，要像保护人一样，坚决保好。可作饲草用的秸秆，要尽量留给牲口，缺乏饲草的可以互相调剂；仍不能解决问题的，可在附近非灾队临时寄养。

2. 对受伤耕畜、猪只，要迅速抢救。除外区支援的兽医外，各地应把非灾区的兽医人员组织起来，到灾区支援。兽用药品也要像供应人用药品一样，进行供应。

3. 缺乏饲养员的，要迅速从贫下中农中挑选热爱集体、热爱耕畜的人，充当饲养员。

4. 对已经砸死的耕畜、猪只和受伤后无法治疗的，由供销社、商业局负责收购起来。

以上几点，望认真研究，并贯彻执行。

第三章　这次，我们是和地底下的敌人作斗争

　　白家寨，距隆尧县城约12.2公里，当时是公社所在地，因此也叫白家寨公社。地处该县东南部，属于黑龙港低洼地区。地势西高东低，滏阳河、小漳河穿境而过。当时总人口12696人，在这次地震中，死亡1687人，重伤588人，近6个人中就有1人死伤。房屋倒塌更为严重，全公社19498间房子震倒了19289间，几乎全部夷为平地。家家户户流离失所，家破人亡。这对于本来就贫困的白家寨来说，简直可以说是灭顶之灾。

　　白家寨散落在滏阳河东侧，地势低洼，土地贫瘠，自然条件差。当地有民谣："白家寨好闹荒，一年四季白茫茫。春天播下种，秋天不还仓。四周都是盐碱地，年年靠吃救济粮。"这一带还是革命老区，从1926年8月隆尧建立共产党起，历经国民革命、冀南农民暴动、残酷的八年抗战以及解放战争等各个动荡时期，载入《隆尧县志》的革命烈士就有19位之多。这里民风淳朴，老百姓坚韧而勤劳。刚刚度过三年自然灾害，在党和政府的关怀、领导和组织下，有饭吃，有房住，有衣穿，不用像旧社会那样去讨荒要饭卖儿卖女了。然而，人算不如天算，突然天降大祸，房屋轰然倒塌，很多人就一命呜呼。白家寨全村2543人，死亡200人，重伤95人，轻伤191人，3319间房屋全部倒塌损坏。

　　曾当过白家寨村支书，现今71岁的武永贵回忆起当时的情景时，依然心有余悸："唉，啥叫天塌了？这就是啊！都蒙了，突然就没家了，人也死了，没地方去了，粮食都埋里头了，没吃的了，埋人都来不及，不知道

周总理到隆尧县视察灾情

咋办了……"他说不下去，目光空洞而哀愁。

我问："后来呢？"

"后来……天亮时，有解放军来了，开始挖人，村里人也互相自救。第二天，有人给我们送来了救济粮。到第三天，听说有中央的大官来慰问我们。这一家伙，人们的劲头忽然都上来了，想不到这么快就惊动了党中央，还这么快就亲自来村里管我们了……"

"当时大家不知道是周总理要来吗？"

"多数人不知道！"武永贵兴奋起来，"一般人哪能想到会是周总理啊？没想到！只听说是位中央首长，根本想不到周总理能来！那总理是啥？在从前，那是仅次于皇帝的宰相啊，咋能来到咱这偏僻的白家寨？那是做一百个梦也不敢想的事……"

正在重灾区人民突然陷入极度生存困境而悲泣、茫然、不知所措，迫切需要体贴、关怀、问候、慰藉、支援、帮助的时候，周总理来到了白家寨，来到了他们的身边。也许，这也是周总理从邢台大地震发生后那一刻起，放下所有紧急的工作，心急火燎执意要在第一时间奔赴灾区的真正原因。"人民的好总理"深爱着自己的人民，他知道此时此刻人民最需要什么。

人们想不到的事，变成了活生生的现实，成为载入历史的永恒记忆，也写下新中国发生第一次大地震后党和政府采取"全民动员，国家行为"全力抗震救灾的史无前例的最为精彩的光辉篇章。

这天，是1966年3月10日。上午，大灾之后的白家寨村，头顶是一片阴云密布、雾霾笼罩的天空，脚下是一派土崩瓦解、断壁残垣的街景。然而，在颓废村庄里走出来的人们，却暗暗涌动着一股强烈的不可名状的热烈情绪，不约而同地沉湎于亢奋、激动之中。失去家园和亲人的悲痛被另一个特大的、惊人的、足以掩盖所有苦难的消息一下子冲散了，从昨晚开始人们就悄悄在村里传说：周总理要来咱们村视察！

"真的假的？"

"真的，今天周总理去县城了，明天就来咱这儿。"

"可我听说，周总理今晚回石家庄了啊。"

"听说明天坐直升机来。"

"不准吧，我听说是一位中央的大官来视察，不一定是总理。"

"这个嘛，上边当然得保密了。"

"噢，我说大晚上咋看见杨书记召集老靳和干部们开会咧……"

杨书记，指的是时任白家寨公社书记杨世英；老靳，说的是村支书靳景印。他们当晚接到县委指示，已经知道周总理要来白家寨视察的消息。他们既激动又不安，激动的是，在这么一个远离县城近三十里地十分偏僻的地方，正处于极度艰难困苦的时候，能得到周总理的亲自慰问和接见，是做梦都不敢想的幸福的事；不安的是，怎样安排和接待周总理的这次视察呢？

吃过早饭，看见许多领导和解放军战士在村里村外忙碌，原先传闻有中央的大官，或者说就是周总理要来村里慰问的消息得到了证实。全村顿时沸腾了，男女老少奔走相告，暂时忘却了忧伤和痛苦，都激动而幸福地等待着。但究竟是不是周总理要来，普通群众并不是很清楚，所以就越加期待。

地震救灾指挥部总指挥、六十三军政委蔡长元和河北省军区司令员袁捷等领导，还有隆尧县委书记张彪和县长薛宝柱等，提前在白家寨等候并研究制定周总理视察的具体方案。

现年81岁的国所成，当时是白家寨村的民兵连长，他告诉我说："飞机在哪儿降落，提前都安排好了，定在村北的打麦场上。那里平，地方也大，空旷。公社和村里抽调干部和民兵在那里打小旗，周围插上红绿彩旗，给飞机当导航，提前都进行了演练。那时候，就有好多人过来看，还有的早早就在那儿占地方，怕靠后了看不见。"

如今，周总理乘坐直升机的地方，已经盖上了房子；他讲话的地方，被保护了起来，围成了一个小广场。隆尧县人民政府1989年3月在此立下"周恩来总理慰问地震灾区纪念碑"存志，碑文曰："一九六六年三月八日震惊中外之邢台大地震发生后国务院总理周恩来三次亲临灾区视察灾情慰问灾民在此落机并讲话为世代铭记总理之恩立碑永志。"河北省政府和河北省民政厅将这里命名为"爱国主义教育基地"。

下午2时48分，先是来了一架护航机，顺京广线东折，来到白家寨上空盘旋一阵后飞走。接着，邻村的马栏村又来了一架飞机，大家以为是飞机降落错了地方，县长薛宝柱坐车急忙前往马栏，到那一看，原来是抢救伤员的飞机，薛宝柱又迅速赶回白家寨。大约10分钟后，领航机在前，两架直升机一前一后、一绿一白，从西北方向的上空轰鸣而来，到村西北的打麦场开始盘旋着下降，巨大的螺旋桨搅动起飞扬的尘土。这时候，早早聚集在四周等候的两千多名村民，都抬头向飞机张望。除了白家寨村全村1700多人几乎是倾巢出动，其余的大都是周围的灾民们，有马栏村的，任村的，东闾庄村的，西闾庄村的，前辛庄村的，西哈口村的……

事后得知，这两架直升机，一架是记者等人乘坐的，一架是总理及其随行人员乘坐的。陪同周总理前来的省、地领导有河北省委副书记阎达开、邢台行署专员冯世英。

飞机降落后，舱门打开，周总理站在舱门口，向大家挥手示意。

周总理向受灾群众招手致意

　　这时，大地还在频繁颤动，余震不断。

　　真的是周恩来总理！

　　这再熟悉不过的容貌、神情和姿态，让在场的村民们惊呆了，直到这时，大家才相信：周总理真的来了！

　　"啊！是周总理，周总理，快看，真是周总理！"

　　"周总理来了！周总理万岁！"

　　人群沸腾了，呼呼啦啦往前拥。

　　周总理迎着人群，边走边不停地跟群众握手，连连说着："乡亲们，你们受苦了、受惊了、遭灾了，我来迟了……"

　　时任白家寨村支书靳景印曾回忆道："周总理从飞机上下来后，按照安排，我、公社杨书记、县委张书记，我们几个去迎接。当时我们在停飞机的地方准备了一个小屋，意思是让总理在那儿休息一下，并向他汇报工作。可一看群众围了那么多，人山人海的，都那么激动，总理不去那个小屋了，直接朝群众那里走。当时不叫群众向总理这边挤，解放军事先安排维持秩序，组成了个包围圈，可那么多群众挺激动地向总理走。总理呢，见群众向他走，他也就不停地向群众走。会场就是这样自然形成的，不是事先安排和布置的。总理碰上群众了，群众把总理包围住了，这就开会了。"

周总理在白家寨群众大会即将开始前

其实，在这之前，公社杨书记还和村支书老靳他们商量，计划从各村选一些受灾的群众代表来，讨论一个村是来五个，还是七个，意思是开会时过来参加一下。但是，没有想到，今天来了这么多的人，布置的会场也没能用上。

原白家寨公社书记杨世英谈到这一情景时，曾说："总理一看这阵势，就对我们说，就在这开个群众会吧。这地方是一块空地，当时也没有桌子，也没有凳子，也没有想到周总理想要在这儿开群众大会。有个解放

周总理在白家寨讲话

军战士赶紧搬过两个救灾的箱子，两个箱子对到一块，就算是个讲台了，
总理就立到这个讲台上给群众讲话。"

　　天空阴沉，地面上还蒙着一层细碎的残雪，北风冷飕飕的。但此情此
景，涌动的人群春潮一般荡漾着激情，大家的心里热乎乎的，暖洋洋的，
全然忘记了眼前的不幸。

　　周恩来穿着一身青色中山呢子服，没有戴帽子，衣着看起来很单薄。
他的目光坚毅而慈祥，虽然面色含着一丝疲惫，但他精神健旺而矍铄，神
采奕奕。

　　当有人向周总理介绍张彪书记时，周总理说："不用介绍了，昨天我
们已经认识了。"

　　接着，周总理环视在场的人，沉重地说："你们都还记得抗日战争
吧？"

大家连声说："记得记得。"

周总理用手指指地面说："二十年前我们打鬼子，现在是与地底下的敌人作斗争！"

这时，在场的群众就高呼口号，欢声一片，争先恐后向周总理身边围拢，靠近。

张彪就向周总理请示："是不是让老杨（指杨世英）把情况先向您汇报一下？"

周总理看看周围蜂拥般的群众，想了想说："我还是先看看群众吧。"

迎着人头攒动、群情激昂的人海，周总理顺着大家转了大半个圈儿，意思是让大家组成大半的弧度形成一个扇面，等于是打了一个"场子"，并对身边的杨世英说："就在这儿开个群众大会吧。"

杨世英说："好，好。"

于是，周总理停下来以后，面色严峻而稍显沉重地挨个儿轮流着向身边的群众握手，一遍一遍地说着："乡亲们，你们受惊了、遭灾了，我来迟了，来迟了……"

有人感动地流下了热泪，潮水般地往前涌，都想跟周总理握握手。

周恩来用手势示意前面的人蹲下，还把一个乱跑的小孩抱给蹲在前面的人，叮嘱人们不要挤着孩子。这样，有坐着的，有蹲着的，还有站着的，扇面的会场自然就形成了。然后，周总理站到群众前面，踮起脚尖眺望。当发现自己还望不到外围的一些人时，便问身边的人能不能找个什么东西让他站在上面。一个解放军战士就跑到就近的帐篷外，搬来两个供销社盛鸡蛋的空食品箱子，木箱子上面还写着"邢台食品"的字样，于是，他把那箱子反扣过来，让周总理站到上面。

就这样，周恩来站在木箱子上面，望着会场的人群开始讲话，都是现场即席讲话。以下是事后据录音整理的全文：

同志们，乡亲们：

你们受了灾，损失很大。党中央和政府非常关心你们，毛主席让我来看望大家，慰问大家。昨天夜里我到了隆尧县城，听了地委、县委的汇报，今天又来这里。这次地震来得很突然。你们这个地方从邢家湾到耿庄桥是地震的中心。二十年前，在抗日战争中，你们也受了损失，那是和民族敌人作斗争。这次，我们是和地底下的"敌人"作斗争。每个村庄、每个家庭都有很大损失，付出了代价，也取得了经验。听到地震的消息后，解放军立刻赶来了，地方上的工作队和医疗队也来了。重伤的得到抢救，轻伤的得到治疗，牺牲的也掩埋起来了。他们牺牲了，我们要继承他们的事业，我们要和地球"打仗"。你们这个地方是洼地，过去改造得不错，现在要战胜地震灾害，重建家园。重建家园光靠你们的力量还不够。你们县西部有好多没有受灾的庄子，巨鹿、宁晋、任县都有些没有受灾的庄子，可以来帮助你们。互相支援，过去打日本就是这样。重建庄子要建得分散一点，房子要矮一点。共产党员、共青团员和少先队员要带头抗震救灾。你们组织起来，办法一定会有的。国家当然要支援你们。你们这个地区有三十个公社、三十四万人受灾，现在已开进解放军两万多人，地方上的工作队和医疗队一万多人，共三万多人，十个人就有一个人帮助。真是一个有难，大家来相帮，因为我们是社会主义的国家。你们不是学过《愚公移山》吗？愚公能够移山，我们对现在的困难也一定能够战胜。死了人当然难过，但是不要低头。大家一定要团结起来。团结就是力量！老年人家里没有人，我们要照顾他们；娃娃没有人带，我们要帮着带，这些都要靠青年壮年去做。我不能到每个庄子去了，请你们庄子做代表，你们要把党中央、毛主席的关怀和我讲的这些话传给别的庄子。中国人民是有志气的。你们要学习毛主席著作，把劲头鼓起来，用七八天的时间把生活组织起来，过几天还要搞生产。隆尧要和巨鹿、宁晋比嘛！恢复了生产、恢复了力量，就对得起死去的人。现在大家一起呼口号：自力更生、奋发图强、重建家园、发展生产！重建家园后，再来看你们！

周总理在白家寨慰问受灾群众

周总理在白家寨慰问受灾群众

这段完全没有草稿和提纲的即席讲话，感情炽热，满怀深情，语重心长并且慷慨激昂，词语恳切，充满信心，没有一句官话、套话、虚话、大话，是真正站位高远，可操作性强。他把这次应对地震比喻成一次"打仗"，是和地底下的"敌人"作斗争，让群众树立了"过去我们能赶走小日本，现在就一定能够战胜地震"这样的坚强信心；他告诉群众党和政府是有办法的，来了这么多解放军、工作队和医疗队，是让大家放心；他让大家学习"愚公移山"，是要树立团结起来搞生产、战胜自然灾害的决心。而且，他对灾情的掌握、对当地民情的了解，都非常详尽和具体，知道这一带多少村子，哪里受灾最重、哪里轻些，有多少个公社、村子共多少人受灾，来了多少人救灾。

在场的所有人，都被总理来到这里亲口告诉大家的在震后要有"信心"、有全国人民支援请"放心"、重建家园要有"决心"这"三心"所感动，所鼓舞了。他们多次以热烈的掌声打断周总理的讲话。在周总理最后领着大家高呼口号时，有人发自内心地喊出："毛主席万岁！""周总理万岁！""共产党万岁！"

滏阳河畔的白家寨，两千多人发自肺腑的激扬呐喊，在田野和上空久久回响，涤荡掉刚刚平白无故邂逅的噩梦的缠绕，情绪焕然一新，斗志格外振奋。"自力更生、奋发图强、发展生产、重建家园"这十六个大字，像携带着力量和勇气的血液注进大家的体内急速循环，让人按捺不住地像士兵冲锋那样去奋力建设自己美丽幸福的家园。从此，"邢台抗震精神"——不怕难、不服输、自强不息，成为滋养和培植邢台人意志和境界的重要组成部分。五十年过去了，虽然物是人非，但这种精神激励着一代又一代的邢台人，不论过去、现在还是将来。

群众大会结束后，周总理开始在村中视察。

村里没有路，到处是坍塌的烂坯碎砖，断檩条坏门窗支支棱棱。周总理时而低头时而弯腰，跨过乱七八糟的障碍和纵横交错的地震裂缝，踉跄着走了一条又一条胡同，先后去了七家受灾的农户视察慰问。

先是访问了白家寨村贫协主席王根成。

周总理问过他家受灾情况以后说："你是个老党员，要带头干，还要教育好娃娃，鼓起干劲，重建家园。"

王根成激动地说："总理您放心，在抗战时期，我都没有怕，坚持和敌人斗争。现在遇到地震灾害，也不能怕，一定拿出抗战打鬼子的劲头来，和自然灾害斗争。您的讲话我听了，有总理和党中央的支持，我们一定重建家园。"

周总理安慰受灾村民

在一个胡同口，周总理见到老党员王老齐，问他多大年岁了，嘱咐他一定要发挥老党员的模范带头作用，坚持和灾害作斗争。当得知老人在地震中失去了儿子、儿媳时，周总理的双眸湿润了，闪着泪光，关切地安慰王老齐："死了人都很难过，但是不要低头。有社会主义，天塌下来也不怕；有党中央毛主席的关怀，什么困难都能克服。"

从街里走过时，废墟上有个半截墙，墙头上坐着个小姑娘，大约五六岁的样子。周总理见状连忙走过去，抱着她亲昵地说："小朋友，你怎么在这半截墙上坐着啊？墙万一倒了，会砸着你的，可别在这上面坐着了，很危险。"之后，周总理就把她轻轻地放到了地上，还让身边的干部们看是谁家孩子，说没人看管可不行。

村中四十多岁的妇女于小俊，见周总理走过来，连忙迎了上来。

周总理问她："你家里伤人没有？"

于小俊怔了怔，突然跪倒在周总理面前，一边给他磕头一边声泪俱下："俺家8个孩子，死了4个……孩子他爹砸伤了，还在窝棚里躺着……"

周总理连忙扶起跪着的于小俊，自己也潸然泪下，哽咽着问："伤势如何……治疗了没有啊？"

"医疗队给看过了……孩子他爹性命难保……您看……这往后怎么过啊……"于小俊面对总理，像见到了亲人，号啕大哭起来。

"你不要发愁。"周总理拭拭自己的泪，安慰她说，"你丈夫的伤，这里治不好去邢台，邢台治不好去石家庄。"并叮嘱身边的县、乡领导一定记住这个事。

"走，我去看看他的伤。"周总理说着就往窝棚走去。

于小俊擦一把眼泪，急忙拦住了周总理："棚子太窄了，危险，孩子他爹也迷糊着……"

在黑暗的小窝棚里，周总理蹲下身子，拉着于小俊丈夫的手，察看他的伤情，还为他掖了掖被角，再次嘱咐干部们要千方百计为他治好伤："她家受灾这么重，你们一定要好好帮助她，把她丈夫的伤一定治好。"

事后多少年里，于小俊还为周总理到她家慰问感动不已，对党和政府对她家的照顾感恩戴德："……总理问我你家是怎么个情况，我就说俺8个孩子死了4个，孩子他爹在那屋里性命不保，俺这咋过啊，我一边说一边哭。总理看我这么难，死这么些人，孩子爹在小屋里性命不保。总理看我掉泪，他也掉泪了。这时候我扑通就给总理跪下了，总理把我扶起来，就劝我，叫我别着急，有国家呢，慢慢啥都会好起来了……"

从于小俊家出来，走到路东，周总理见有一口井，井口高低不平、一片泥泞，就走过去，站在井边问："这是吃水井吗？"

"这是苦水井，不能吃。"党支部书记靳景印跟上来说。

"你们吃水怎么办？"

"到河边担水。"

"哦，你们吃水这么困难啊。"周总理严肃地说，"一定要想办法打口甜水井，群众吃水的问题要解决，尽快解决！"

临出村时，总理又访问了民兵连长国永录。国永录汇报了白家寨民兵抗震救灾的情况以后，周总理满意地说："好好奋斗，再接再厉，还要向解放军学习，总结经验，再斗争就有经验了。"

慰问了村里的家家户户，周总理却毫无倦容，走进村头的帐篷里召开座谈会。

帐篷里只有一张桌子，三条板凳，一个竹皮暖壶，几只农家用的粗瓷大碗。大家进来，周总理礼让地说："同志们辛苦了，快坐。"大家促膝交谈。

县委书记让白家寨公社书记杨世英向总理汇报。杨书记由于紧张，一开口就把地震的时间说错了，说了个"7号"，周总理就和蔼地纠正说是"8号"。

周总理记忆惊人，对灾区的情况比当地的干部了解掌握得还要清楚。当问到受灾的有多少个公社时，大家你看我我看你，一时谁也答不上来，周总理就说："一共是34个公社。"

是啊，周总理严谨，认真，记忆力惊人。在《周恩来传》中记载：有一次，周恩来宴请外国专家，外专局的有关同志在报送的宴请计划中将在京人数写为250至370人，周恩来阅后在这个数字上加了问号，由于他对在京专家人数了如指掌，就在旁边批注："至多280人。"周恩来还经常教育大家，办事要本着科学态度，不能用"大概""差不多""可能是"等这种含混不清的词，使用概念要准确，是多少就是多少。

正谈话时，有位同志往粗瓷大碗里倒了一碗白开水，捧给周总理。周总理双手接过，放在桌上继续谈话。那天有风，帐篷遮挡不严，碗里飘进了尘土。周总理端碗要喝时，他身边的警卫员过来按碗阻止，周总理没有理会，端起大碗，轻轻吹掉水皮上的尘土，然后一饮而尽。地震时，井水翻花，涌出黑水。地震后，大风不止，秽物乱飞，卫生条件很差。周总理本来是可以带专用水的，可他没有。

他接着问："公社这么多人受灾，群众生活安排得怎样？"

杨世英回答说："安排好了。救灾物资都到了，一家一口锅，一人一领席、一只碗、一双筷子。"

周总理接着问："有和面盆吗？"

杨世英回答："有，每户还发了盏煤油灯。"

1966年3月10日下午周总理在白家寨慰问地震灾区群众讲话时踏着的木箱

周总理在视察白家寨村时站过的木箱

周总理欣慰地点点头说："还要抓紧恢复生产。社会主义中国，一方有难，八方支援。你们自己也要奋发图强。支援物资陆续到了，要和群众商量、分配好……"

直到傍晚，周总理才离开白家寨乘飞机向石家庄飞去。

周总理走后，白家寨公社召开群众大会，号召群众响应周总理的指示。从此，"自力更生、奋发图强、重建家园、发展生产"这十六字的战斗口号，出现在邢台地区的田野上和村庄里。

在灾区也出现了各种标语口号，表达出灾区人民战胜灾害、重建家园的决心。

如今，在隆尧县的地震资料陈列馆里，将这十六字方针写在醒目位置，馆里还珍藏着总理在白家寨讲话时站立的木箱。

陈列馆里，珍藏着白家寨的一位老乡端给总理喝水用的粗瓷大碗。周总理对隆尧灾区的视察，给大灾过后的人们带来的心灵抚慰和精神鼓舞，让隆尧人们永志不忘。

面对这突如其来的灾难，在党和政府的领导下，一场大规模救援行动随即展开。大量粮食和其他物资从各地调来分发到灾区各家各户灾民手中。灾区人民也开展自救，他们强忍着失去亲人的悲痛，把被埋在瓦砾下的物品挖出来，他们要重建被地震损坏的家园，开始新的生活。

周总理从白家寨回去的第二天，即1966年3月11日，《人民日报》发表了题为《灾区的英雄人民是难不倒的》社论，全文如下：

河北省邢台地区，发生强烈地震，人、畜、房屋遭受不同程度的损失。我们谨向正在同自然灾害进行顽强斗争的当地人民群众表示深切的慰问！

这次地震灾害发生以后，党中央和国务院极为关怀，立即动员、组织了巨大的人力物力，开展救灾工作。中央慰问团迅速赶到灾区慰问受灾人民。华北局、河北省委、河北省人民委员会以及当地驻军，全力投入救灾工作。灾区邻近各县人民，发扬一方有灾、四方来帮的互助精神，给予灾区人民最大的支援。我们谨向以忘我精神参加救灾工作的各级干部、指战员、医疗人员、财贸工作人员、交通运输人员以及全体有关人员，致以衷心的敬意！

在人力还不可能完全控制自然的情况下，这里那里发生这种那种自然灾害，是难于避免的。但是，在自然灾害面前，我们国家的人民已经不像旧社会那样无能为力；我们在党和政府领导下，完全能够进行有组织的抗灾斗争。这次地震灾害发生以后，各个有关方面，立即以顽强的战斗姿态，投入紧张的救灾工作。再一次充分显示了社会主义制度的优越性，充分显示了我国广大干部和人民高度的革命觉悟和坚强的团结。

中央和各方的支援，使灾区人民感到无比的温暖，受到极大的鼓舞。他们目前在生产和生活方面虽然有着很大的困难，但是，任何困难，都压不倒灾区的英雄人民。在当地党政机关领导下，灾区人民满怀信心，同自然灾害展开顽强的斗争。我们相信，只要紧紧依靠人民群众，发扬自力更生精神，积极生产自救，注意安排群众生活，就一定可以战胜一切困难。

毛泽东同志说过，"从古以来的人类究竟是怎样生活着的呢？还不是自己动手活下去的么？"人民群众的创造力是无穷无尽的。有了我们党的正确领导，灾区人民依靠自己的双手，完全可以战胜这次地震造成的灾害，生产得更好，生活得更好。

当晚，周总理乘机返回石家庄白楼宾馆时，已经是深夜了，但他却毫无睡意，再次对抗震救灾工作作了部署。总理对救灾工作安排得周到而具体。总理提出紧急救灾工作要首先空投熟食，然后空投粮食，再空投炊具。他还打电话给国务院安排向灾区调运粮食。周总理对石家庄地市负责同志说："你们要全力以赴，组织人烙饼。"总理当面指示四航校执行空投任务。并提出粮食用运输机空投，装得多，不怕损坏；炊具怕损失，用直升机空投。总理还对地震科学研究作了重要指示，说："这次地震，代价极大，必须找出规律，总结出经验。"

周总理敏感地觉察到：中国是一个地震频发的国家，以后怎么办？虽然邢台在3月8日所发生的这一次大地震，目前仍然小的余震不断，但谁敢说就不会有第二次更大的地震了呢？

果然，半个月之后，第二次更大的地震，就又不期而至了。

第四章　家里丢了，从地里拿回来

1966年3月22日16时11分36秒，河北省邢台地区宁晋县东汪村附近发生6.7级地震，16时19分27秒再次发生7.2级地震，震中烈度Ⅹ度。与上一次的隆尧地震相隔14天，但震级和烈度都比第一次大。

震前，响声犹如狂风闷雷。震时，大地摇晃，地面崩裂，带水喷沙，房屋裂缝，倏然开合，随即倒塌，尘烟四起。顿时，人喊马嘶，畜禽狂奔，乱作一团。极震区房屋全部倒塌，以东汪村为中心，北起始台，南至史家嘴，西自大曹庄，东到新河县王府，呈长轴不规则椭圆形，面积达137平方公里。破坏范围北到安平、饶阳县，南抵馆陶、广平、成安县，西起邢台、内丘、临城、高邑，东到衡水、故城和山东夏津县，呈不规则椭圆形，面积达22806平方公里。有感范围北到内蒙古镶黄旗、多伦、河北围场县，南到南京、河南郑县，西到陕西铜川，东达山东烟台。宁晋县遭受特重地震灾害公社28个，重灾11个，轻灾2个（李家营、曹伍疃）。倒塌房屋234848间，危房680491间。死绝36户，孤儿18人，孤老32人，死亡431人，伤2022人。

由于地震发生在白天，再加上已经地震了一次，有准备、警惕性高，伤亡比第一次地震少，但毁坏房屋多，震感范围比第一次地震大得多，占中国版图的八分之一。全国当时有七亿人口，有一亿多人感觉到了地震，受灾面积大，受灾人口多。

因此，准确地说，"邢台大地震"是从这次地震开始家喻户晓，让全国人民惊慌失措的。

消息传到中南海，周总理当天在国务院办公厅《地震情况简报》上迅速做出批示。指示将此期简报送彭真、李先念、谭震林、谢富治、周荣鑫(时任国务院秘书长)传阅，并特别注明："人民大会堂玻璃有震碎的。"可见问题的严重性。当晚，周总理决定由内务部部长曾山率中央慰问团再次了解灾情，慰问灾区。第二天，就约来李四光、张劲夫（时任中国科学院副院长、国家科委副主任）、张有萱、武衡（两位均时任国家科委副主任）及石油部、中科院地球物理研究所有关负责人和专家商谈地震问题，再次强调："地震预报要好好搞一搞。"

不到半月的时间，邢台地区就发生两次强震，人员伤亡惨重，财产损失巨大，在华北地区引起了极度的恐慌。一时间，谣言满天飞，还有心怀恶意者故意编造骇人听闻的故事，致使工人不敢上班、农民不敢下地干活。说北京、天津还有大震，有的工厂、学校放假，有的不敢在家睡觉，还有的听见门响就从窗户里往外跳，严重影响了工农业生产和社会秩序。23日，北京谣传："北京今晚9点将发生强烈地震。"消息很快就传开了，当时，很多人往外搬箱倒柜、推自行车、抱收音机，有的人甚至披着被子或蒙着被子坐在大街上不敢进屋，大人喊小孩儿叫，呈现一片混乱状态。在石家庄地区的井陉县城关，流传着："每逢改朝换代，不是山崩地裂就是江枯海干。这次地震，世道又要变。"沧州吴桥县城关镇小崔庄流传谣言："天塌地陷，世道大乱。日本鬼子进中国那年地动，这次地动又得进来。"在河南伊川农村，传言说："邢台地区不断地震，建议把这个地区的人民迁到东北和西北去。"

面对谣言，23日这天，周总理对此专门做出指示：

1. 对地震的发生，要做到提高警惕和保持镇静相结合。对自然界作斗争，首先要保持镇静，要有冷静的头脑，才能掌握情况，掌握动向，研究对策，采取措施。2. 加强震中现场观测。立即派飞机把地震仪送至尧山和耿庄桥，迅速沟通尧山、耿庄桥经石家庄至北京的有线和无线专向通讯，保障地震情况及时上报。3. 地震区要提高警惕，预做准备，减少损失。4. 对谣言要追究。要区分两种情况，对以讹传讹、传错了的，要批评教育，及时解释，以镇静的精神使谣言自释；对别有用心、乘机造谣的坏分子，追查清楚后，要彻查严办。

大震后的第二天，周总理先后委派内务部部长曾山和国务院副总理李先念来到重灾区进行慰问。接着，他抓紧处理好这几天棘手的工作，定于4月1日起第三次赴邢台灾区进行密集式慰问和视察，使重灾区饱受苦难的人民群众稳定情绪，增强信心，重建家园，恢复生产和生活秩序。

周总理是3月31日晚上来到石家庄的。一大早，他在小白楼接见了六十三军军长张英辉、政委蔡长元、副军长徐信，河北省副省长郝田役，石家庄地委书记康修民、市长张屏东等同志，听取了他们的汇报。

当汇报到部队准备撤离时，周总理说："要把各方面的工作做好，撤离前要请示北京军区，要向省军区独立师交代好。"

周总理对康修民说："石家庄地区灾情不太严重，要很好地支援邢台。请你们查一查，石家庄历史地震的记载。"

听完汇报后，周总理察看地图，指着地图问在场的康修民："那些村庄离石家庄多远，有多少人口，有多少机井，有多少骡马？"

康修民回答不出来，郝田役副省长笔记本上有些数字，替他回答，但仍然不能作出满意的答复，急得康修民满头大汗。会后，他便连夜开会，收集数据和资料。很快，就把材料送去，交给了总理的秘书。

根据总理的指示，救灾部队和石家庄地市查了县志，实地考察了古建筑，发现在获鹿县石井村一眼古水井旁，保存有一座地震纪念碑《重修大井碑记》："大明万历二十二年季春之日，地震而塌毁者矣，盖因屡岁荒旱，诸井旱干，士马往来而无人修整，食水于他乡往数里。"

4月1日这天，尽管春回大地，刚刚复苏的原野吐翠放绿，麦田返青，树头绽蕊，但从早晨开始，忽然刮起了狂风，有六七级之大。黄沙遮天蔽日，寒气阵阵袭人。

周总理在河北省副省长郝田役等陪同下，乘坐3047号直升机，从石家庄四航校机场出发，一天之内先后奔赴宁晋县东汪村、束鹿县王口村、冀县码头李村、宁晋县耿庄桥村和巨鹿县何寨村等五个村庄，进行了密集式视察和慰问。

一、在宁晋县东汪村

东汪是这次7.2级地震的中心，伤亡653人，15072间房屋基本倒平，坍塌成一片废墟，站到镇东，一眼就可以看到镇西。

上午10时许，周总理乘坐的直升机降落在东汪三大队寨墙外的麦苗地上，时任宁晋县委书记的赵安芳带领县委常委兼东汪工委书记安保俭、东汪公社副书记张宝驹等人上前迎接。

当年曾亲临周总理视察东汪的一位村民对我说："那天风很大，周总理来时，飞机在天上盘旋了好几圈，我们就在村西的小广场上点劈柴放火给飞机信号，最后，飞机盘旋几圈，终于平安降落了。现在那个小广场已被命名为'四一广场'，为纪念周总理4月1日来东汪而命名，在东汪镇第一中学的操场上，如今是青少年爱国主义教育基地。周总理在村里视察时，总是问我们家里损失怎么样，蒸饭的锅和吃饭的碗有没有，窝棚里挡寒不挡寒。没有一点架子，就像是邻家的大叔。"

群众从一大早就开始朝这里聚集，此刻已经有万余人的干部群众，便群情激昂地开始欢呼起来。维持会场秩序的人喊了两声"大家都坐下"，大家就都坐下了，会场一片寂静。这时，周总理等一上寨墙，来到临时布置的讲台前，大家就又沸腾起来了，全都站起来振臂高

周总理走下直升机

呼："毛主席万岁！共产党万岁！总理好……"

周总理身着灰色半旧中山服、半旧皮鞋，戴一块旧手表，神情亲切而庄重地环视会场一番，迎着激烈的掌声，左手扶着桌子开始讲话，他深情地说：

社员同志们：3月8日你们这里损失小，22日损失大了。第一次我到了隆尧没有到你们这个庄上来，22日地震以后党中央、毛主席派代表团来慰问你们，当时因为我忙，由国务院副总理李先念同志来宁晋，我没到你们这个地方，今天来补看你们。你们受了灾，你们情绪还很好，这是你们高举了毛泽东思想伟大红旗，敢于向困难斗争。地震是个自然灾害，是不是没办法对付它呢?不是的。你看，3月8日地震范围小、损失大，3月8日以后，天天有些小震动，22日大家提高了警惕，有了准备，损失就小了。第二次地震面积大，有巨鹿、有隆尧、有宁晋、有新河、有邢台专区、有邯郸专区、有石家庄专区、有衡水专区，但因大家有了防备，房子倒了，伤亡很小。同一件事情，有了准备，就和没有准备不同。毛主席早就有预见，他说：要随时准备打仗，准备灾荒。我们把它简化了，就是"备战、备荒、为人民"。你看，毛主席的话不是说明了吗？战争还没有来,我们就做准备。美帝国主义看我们强大了，就敌视我们。开始，我们把日本鬼子打垮了，我们又打倒了蒋介石，在朝鲜打败了美帝国主义。我们七万万人口的大国，如果美帝国主义打进来就打不出去，就把他消灭在中国，所以我们有准备，不怕。我们这里受灾多，1963年大水灾，倒房子不少，1964年沥涝，1965年又旱灾，现在旱仍未解除，抗旱中又来了地震。当然，受了灾有很多困难，但我们防备就好些。这一次你们这里地震，比南边隆尧来得晚，所以损失就小。对自然灾害，不管是天上来的气候、地下来的震动，只要有准备，就有办法对付。我们派来很多人，研究地震规律。地震怎样对付，我们积累了不少经验。你们这个专区、周围其他专区的经验，就使河北省有了预防地震的办法。盖房子，现在还不忙，先搭个棚棚，以后盖什么样的房子防震要通过试验。这和你们种庄稼一样，种什么样的品种，要经过试验，然后再推广先进经验。盖房也要先试验。毛主席时代的人，对自然灾害是最有办法的。毛主席告诉我们：每一件事情都要和大家商量，和农民商量，和贫下中农商量，和工人商量，因为我们是为人民服务的、是为工农兵服务的。我们做的对不对，有意见大家就提出来。东汪公社是个大公社，你们这庄子有6个大队、7000多人，在这里开会的仅是一部分。这次救灾款的公道不公道，你们可以讨论。救灾主要靠自己，国家要帮助。3月8日我到白家寨，他们提出首先靠自己自力更生，大家帮助。国家是大家的，要依靠大家的力量搞好。我们是新中国的人民，是社会主义的农民，是有志气的，现在恢复生产要靠大家。过去我说过四句话需要颠倒，现在看来要先搞生产，再搞建设，大家说的"家里丢了从地里拿回来"，说得好，这符合毛主席的思想。麦子返青了、地该种了，干部要带头，党团员要带头，贫下中农要带头，把生产搞好，特别是党的支部，要带头把生产搞好。我说的四句话应改为："自力更生、奋发图强、发展生产、重建家园。"把生产搞好了，家园就会建设得更好。你们说对不对……

一万余干部群众齐声呐喊，响彻云天："对——"

周总理接着说："今天是4月1日，5日就到清明节，该播种了，你们都懂得嘛，你们都知道种什么。经过灾荒，更要依靠集体力量，男同志、女同志，老的、少的，大家一同来干。你们公社有10个大队，14000多人，是宁晋最大的一个公社，这是一个很大的力量。特别是小伙子、姑娘们，要搞好生产。灾情越大，干劲越大，你们东汪公社要做宁晋县的模范公社。今天，我代表党中央毛主席来慰问你们。我就讲到这里了。"

周总理在宁晋县东汪村向受灾群众讲话

周总理讲话以后，宁晋县委书记赵安芳表示了决心，信心满怀地说："房倒志不倒，地动心不移。我们一定不辜负党中央和毛主席对我们的关怀，一定落实周总理的指示，一定努力发展生产，亩产500斤跨过黄河去，以实际行动报答党中央、毛主席的恩情。"

"讲得好，讲得好！"周总理连声道，"家里丢的，从地里拿回来，就是战天斗地，重建家园的豪情壮志！"

会后，周总理在县委书记赵安芳，县委常委、东汪工委书记安保俭，贾家口公社代理书记兼社长武立春，县委办副主任赵瑞云，东汪公社副书记张宝驹，东汪供销社书记胡文学，东汪三大队支部书记董保顺，东汪一大队支部书记路同山，东汪六大队贫协主席刘香保等人的陪同下，从会场步行五百多米，去临时搭建的帐篷医院看望伤病员。

在前去看望伤病员的路上，走了大约五十多米，赵茂峰的伯父提出要见见周总理，说："我家茂峰是周总理的秘书，我想见见总理。"

由于原先没有安排，县委书记赵安芳便请示周总理："总理，您知道不知道您办公室有个叫赵茂峰的？"

周总理说："知道，知道啊。"

赵书记说:"赵茂峰的伯父来了,想看看您,您看……"

周总理连声说:"可以、可以,快让他过来。"

在场的人听了都非常激动,一下子就把周总理围了起来。

因此,在这里需要介绍一下赵茂峰其人其事:

赵茂峰,宁晋县东汪镇三村人。他父亲去世早,是跟伯父长大的。他于1956年从国务院的另一个机构调进了总理办公室,直到总理逝世后的1976年离开,任周恩来机要秘书达20年;他的妻子赵炜,则是在1954年22岁就来到了中南海,任邓颖超的生活秘书长达37年。1956年,赵茂峰和赵炜在工作中相识相爱并结婚。在西花厅一间小小的平房里面,两个人和一些同事一起,在一个星期六晚上举行了一个简朴的婚礼。在凤凰卫视访谈录视频《口述历史之赵炜、赵茂峰》中,还有在赵茂峰、赵炜合著的《西花厅岁月里》里,他们都对周总理无微不至的关心和关爱感激涕零。赵炜回忆起结婚那天的情景时,感动地说:"我们都没有想到总理会来。"因为当天,邓大姐因身体不好没有去,但派人转达了对他们夫妇的祝福,还送了一张用绒线球绣在杭州竹帘上的毛主席像。可到了晚上8点多,突然有人在门外喊:"周总理来祝贺你啦!"赵炜说:"我当时和赵茂峰拔腿就往外跑,正好总理进门,我俩叫了一声'总理',就说不出话来……"这时,周总理就进来了,高兴地说:"我来祝贺你们新婚之喜。"说着,还和他们一一握手:"你们可要互相帮助、互相学习,白头到老哟。"直到现在,周总理和邓大姐送给他们的结婚礼物,他们仍然珍藏着。他们的一对儿女,也都是在中南海西花厅"周爷爷和邓奶奶"的身边长大的。

邢台大地震发生后,据后来赵茂峰著文称:"周总理就焦急地问我家里受灾没有,我说我还没有接到家信,情况还不清楚。过了几天,家里来信了,我根据家里来信的情况,立即于3月13日摘要给总理写了个汇报。汇报原文是:首先谢谢总理对我家里的关怀。今晚接家信称,这次地震,我家里的房屋全部倒塌,由于救得快,人没有发生大的事故。特此报告。并再次谢谢总理的关怀。3月22日下午邢台地区发生了7.2级强烈地震，震中在宁晋。4月1日总理第二次到邢台地震灾区看望慰问受灾群众。早晨乘火车到达石家庄，总理听了地震救灾指挥部的汇报后，乘直升机飞往灾区。在去灾区前，总理问我，小赵，你要不要跟我去家里看看？我感激地说，总理，我不回去了，家里都很好……总理这次去灾区慰问有宁晋县东汪、耿庄桥、束鹿县王口村、冀县码头李、巨鹿县何寨。东汪是我的家乡，总理知道。要我跟着出来，是想让我跟着去东汪家里看望一下。我在北京出发前就想好了，不能跟总理去探家。一是家里老人都平安无事，二是总理到地震灾区去慰问，是给灾区人民鼓舞斗志，增强信心，战胜自然灾害，重建家园。总理让我跟着出来是工作，如果我跟着总理去回家，家里老人见了我，我怕老人大灾大难不死，一定会激动得哭哭啼啼，这样与总理看望群众的气氛不对，怕影响群众情绪。总理乘直升机走后，我就随着火车离开石家庄，到邢台车站等总理。总理傍晚才回来，已很劳累，但总理一上火车就对我说：'我见到你伯父他们了，他们都很好。我问他们有什么困难，他们说没有困难。我问他们有什么要求，他们开始说没有，后来提出，希望你抽空回家一趟。问你伯父多大年纪了，结果你伯父和我同庚，都是戊戌年生的。回去安排一下，你回家看看。'总理上火车后火车就开了。可是，我这感激的心情像行进中的火车咯噔得不能平静。总理时刻想着人民，哪里群众遭灾，他立刻到哪里，从不考虑他个人的安危，真是人民的好总理。总理关心他人比关心自己为重，就连我这么一个普普通通的他身边的工作人员，家里遭了灾，他都很关心，去看望。我在总理身边工作多么幸福，多么温暖。总理对我的关怀我永世不忘。我的母亲在世时，每年总理忌辰时她都十分怀念总理……"

周总理和赵大伯说完话后，周总理问："有什么要求吗？"

赵大伯有点犹豫地说："别的没有，就是……俺这里闹地震了，能不能让俺茂峰回来看看？"

周总理连声说："可以、可以，我回去以后马上让小赵回来看看。"

临别时，周总理问："老大伯，您多大年纪了？"

赵大伯说："我今年68岁。"

周总理高兴地说："老大伯，咱俩同岁啊！"

回去没几天，周总理就安排让赵茂峰回东汪探家了。

之后，周总理和陪同的干部们一起踩着高低不平的碎砖烂瓦艰难地去慰问群众。

在帐篷医院，周总理看望了三位伤病员，总理蹲在地铺前，仔细询问了伤情，并嘱咐大家好好养伤，早日恢复健康。

当时周总理还同前来东汪帮助工作的城关公社几个大队的干部握手，说："你们来支援他们，很好。就是要互相支援，过去打仗也是这样，这个连队受了损伤，那个连队立即支援。"

在慰问伤病员的时候，有一位老太太见周总理来了，"咕咚"就给总理跪下了。总理急忙把她拉起来，说："老大娘，您不要这样，我是人民的儿子。"老大娘哭泣着说，她儿子在地震中被砸死了，周总理黯然神伤，眼里噙着泪，捏住老大娘的手，动情地说："大娘，不要怕。以后，我就是您的儿子！这些干部们，也都是您的儿子！"

周总理叮嘱在场的干部们，要照顾好她今后的生活，在场的人都感动不已。

视察时，东汪村党支部书记董保顺曾用粗瓷大碗倒了一碗白开水捧给周总理。那天风大，碗里落进了一层尘土。周总理双手接过大碗，轻轻吹了吹水皮上的尘土，一饮而尽。

对此，董保顺的儿子董明胜回忆说："震后，我们这里的井水翻花涌出黑水，风尘不止，秽物乱飞，卫生条件极差。周总理本来是可以带专用水的，可他没有。他喝了我父亲倒给他的水，而且喝得那么甜。一点也不嫌弃俺们老百姓！周总理用过的这只大碗，后来一直被父亲用红绸子包着保留在柜子里舍不得用。直到周总理逝世10周年的时候，父亲才把这只大碗捐献给中国历史博物馆。总理那种情系民生、与百姓同甘共苦的作风，感动了父亲和我们全家人一辈子……"

视察结束后，周总理乘机赴束鹿县王口村。

1976年1月，周总理逝世后，东汪人民悲恸万分，为纪念人民的好总理，东汪公社把当年召开大会的地方命名为"四一广场"，占地30亩，作为纪念周总理场所。广场北侧修起一个砖混结构东西长15米、南北宽12米一个戏台，北面建成高5米影壁一面，南面东西两侧各建起一个5米高的方柱，两柱用四道弧形钢筋相连。戏台下东西两角，各栽一棵绿柏。在戏台东侧，建成一座砖木结构60平方米的"周总理纪念室"，陈列着周总理各类工作时的照片。

这个看似简陋的"四一广场"，竟成为历史的见证。

东汪人民为了永远牢记周总理的关怀，镇政府于1978年在这里建成一所初级中学。二十五年里，一届届学生在这里聆听老师讲周总理的故事，学习周总理的精神，从这里走上成才之路。

1992年，中央电视台大型纪录片《伟人周恩来》摄制组曾来此拍摄外景，采访了当年的贫协主席刘香保、一大队党支部书记路同山等人。他们满怀对周总理的感激之情，讲述了当年周总理在这里讲话、看望伤病人员的经过，以及周总理对东汪人民抗震救灾的鼓舞。学校部分师生在现场观看了拍摄过程，镜头收录在该片中。

2010年，中共中央文献研究室为追寻毛泽东、周恩来、朱德等老一辈无产阶级革命家的足迹，计划制作一部大型纪录片《风范》。7月23日，摄制组一行就周恩来总理1966年慰问地震灾区的情况来东汪镇采访。在"四一广场"，当年的亲历者赵庆林（周总理秘书赵茂峰的弟弟）、武立春（亲自陪周总理视察宁晋灾区的老干部）、董明胜（曾亲手用粗瓷大碗给总理倒水递水、原东汪三大队党支部书记董宝顺的儿子）、赵京诗（曾担任总理安全保卫工作的原东汪六大队基干民兵）等，纷纷向摄制组讲述当年自己在广场中所处的位置、担任的角色，广场的旧貌和当时看到周总理讲话时的一幕幕情景，那激动的表情仿佛又看到总理那亲切和蔼的面容，听到了总理那震撼心扉的声音。

1998年3月5日，在周总理100周年诞辰之际，宁晋县在此召开纪念大会。东汪镇村民、各中小学学生3000多人参加。大家回顾周总理一生的丰功伟绩和人格风范，以及1966年周总理对宁晋人民的关怀，表达宁晋人民永远缅怀人民的好总理。曾任东汪六村党支部书记的赵京诗讲述了当年周总理视察东汪灾区的情景。宁晋县文化局、东汪镇中小学生演出了文艺节目。东汪籍河北省曲艺团演员刘志华演出的山东快书《东汪人民想念周总理》催人泪下。

该年5月，东汪镇政府将"四一广场"确定为"东汪镇德育基地"，并在此立下石质纪念碑一块。正面是："四一广场"四个大字，背面是由东汪镇党委书记王振民撰写的碑文，碑文如下：

> 公元1966年3月22日，东汪突遭7.2级地震，淌黑水，无完室，民蒙天灾。4月1日，总理周恩来冒震亲抵，遍查灾情，慰我同胞，自力更生、奋发图强、发展生产、重建家园。呜呼！伟哉！总理万机待理，心系吾矣。领袖爱民，痴心共鉴，天道悠悠，民心不昧。总理病逝，山河同泣，举镇恸哭，连天哀悼。是年，于总理慰问地题曰：四一广场，以永志永久纪念。翌年，将校迁入，以示子孙永葆总理精神，志曰：德厚圣者，万民敬仰，吾辈矢志不渝矣。

在周恩来总理到东汪视察50周年之际，东汪镇政府将投资100万元，重新规划"四一广场"。让周恩来精神在东汪世世代代发扬光大。

二、在束鹿县王口村

1966年4月1日11时20分，石家庄地区束鹿县（现辛集市）王口乡和郭西乡的农民，听说周总理要来视察，就从四面八方涌到王口村广场。广场上红旗招展，3500多人坐得整整齐齐。他们举着"欢迎中央慰问团""感谢毛主席的关怀""感谢周总理的关怀""奋发图强、自力更生、发展生产、重建家园""中国共产党万岁""毛主席万岁"的标语牌，等候周总理的到来。

时任束鹿县长的石焰明，多年来一直珍藏着一组周总理来束鹿县视察时的老照片，他曾感慨地说："这是一组非常珍贵的照片，我已经珍藏了多年。那是1966年束鹿县大地震后，敬爱的周恩来总理代表党中央、国务院来束鹿视察灾情时照的。当时我在束鹿县任县长，代表束鹿县委、县政府全程陪同了周总理视察。总理的亲民爱民形象，一直清晰地闪现在我的脑海里……"

这次强震致使束鹿全县31个公社全部受灾，砸死40人，砸伤629人，倒塌房屋50169间。

周总理走下飞机，和前来迎接的代表——握手，然后来到广场向群众讲话。

周总理在束鹿县王口村向受灾群众讲话

周总理说："你们这个地方是束鹿的最南边……东汪镇离你们不远，换了专区，换了县。你们这次损失大、房屋倒得多，但你们有了准备。虽然倒的房子多，但人畜伤亡少。这说明：不论做什么事，凡是有准备就好，预先能想到就好一些。"

周总理还说："我代表毛主席来慰问你们，更重要的是鼓舞你们……你们回去，还要对没有来的人讲，困难越大，干劲越大。石家庄专区是河北省的尖子专区，东边是衡水，南边是邢台。你们在束鹿县的南边，要带头嘛，要在周围的公社起模范作用，搞得更好。"

周总理鼓励大家要"自力更生、奋发图强、重建家园、发展生产"。

周总理讲完话后，到王口村向没有参加集会的老年人逐户进行了慰问，并视察了每户的住处。周总理对他们说："地窖也要通风透光，尽量避免潮湿。"

当周总理访问到刘永远的地窖时，问他："家里的粮食和东西都挖出来了没有？"

刘永远说："有解放军和工作队的帮助，都挖出来了。"

周总理又问："你们今年的小麦长得好吗？"

刘永远说："长得好。我们家里丢了，要从地里找回来。靠我们的双手，坚决搞好生产，重建家园。"

周总理说："好哇，这是农民的话。"

随后，总理亲自下到地窖里，仔细看了看，反复问道："冷不冷，潮不潮？"并嘱咐刘永远在窖子口外边挖个排水沟，防止下雨时向里灌水。

在回来的路上，周总理和当地干部进行了交谈，询问了生产情况、抗旱情况，牲口和农具够用不够用，有没有机械修配厂，有多少眼机井，机井有多深、能浇多少地，有没有五年规划。周总理看到村中堆放着大批救灾物资时说："这些东西要使用合理，根据需要，不要人人有份。"

周总理还问到群众有没有其他疾病，一再嘱咐在这里救灾的人民解放军和医疗队，要好好为人民服务，把所有的疾病都除掉治好。

12时30分，周总理告别群众，登上飞机，向衡水地区冀县码头李村飞去。

三、在冀县码头李村

下午1时许，周总理乘坐的银白色直升机在冀县码头李公社码头李村的村西北、码头李中学的东北角、衡码公路的东侧降落。

衡水地、县党政军领导，全县范围内的公社、大队的部分干部，"四清"工作队员，重灾区的部分群众代表及支援救灾的解放军官兵，码头李中学的部分师生已经集结在这里，按指定位置，席地坐在码头李村西北的一个大场里。场子的一端用土临时堆起了一个二尺多高的讲台，形成了一个露天会场。周围有解放军官兵负责保卫工作。人们事先只知道省和华北局的领导要来，一看走下飞机的是敬爱的周总理，个个欣喜若狂，激动不已，纷纷站起来拥向前去。县领导为维持秩序，让人们在原定位置坐定，迎候周总理前来。

周总理在冀县码头李村考察灾情

此刻，风似乎更大了，黄尘滚滚，风沙漫天，刮得人们睁不开眼，许多人戴上了口罩、帽子和风镜。

周总理下飞机的地方，距离群众大会会场约200米远。

在此之前，解放军虽然临时修了一条路并泼了一层水，但由于这天风刮得太大，这条路又是在没有种上庄稼的沙地里临时修筑的，因此，地基松软，尘土飞扬。

周总理走下机舱后，没有停歇一刻，与前来迎接的地、县领导同志逐一握手，并将手高高举过头顶，向着远处的解放军官兵和干部群众频频挥动。地、县领导同志让一辆小汽车开到飞机下，想请总理乘车到会场。周总理连连摆手，执意不坐，而是步行走向了会场。

一路上，周总理频频向解放军官兵和干部群众招手致意。

这时，地、县领导同志指着会场北侧的军用帐篷，对周总理说："总理，请先进去洗把脸、喝杯水吧。"

周总理抬头看了一下天气，摆摆手说："风刮大了，群众都等着，我们还是去会场吧。"随即到了大会会场，走上了用土临时堆起来的二尺多高的讲台。

周总理走上讲台后，县领导看到群众"背风"、总理"迎风"，于是，想让群众移动一下，把总理讲话的讲桌挪动一下，改为让总理"背风"。

周总理示意不让群众移动，双手扶着讲桌也没动，将麦克风动了一下后，迎着大风，精神抖擞地开始向群众讲话。

在大会上，周总理首先代表党中央、毛主席和国务院慰问大家。然后，根据"快到清明了，到播种季节了，麦苗返青了，生产忙得很"的实际情况，围绕"修房慢一步，先搞窝棚住""重建家园，要首先发展生产、不误农时"这些中心内容，重点阐述了"自力更生、奋发图强、发展生产、重建家园"的十六字抗灾方针，给灾区人民指出了奋斗方向。

令人感动的是，在这十几分钟的讲话时间里，县领导在周总理讲话前、讲话中、讲话后几次让总理坐下，但总理自始至终坚持站着，没有坐为他准备好的椅子。周总理讲话后，谢绝坐别人搬给他的木椅子，坚持迎风站着听县委领导同志代表全县人民向党中央、国务院表示抗灾的决心。陪同他的地、县领导同志们也都没有坐下。而听会的几千名干部群众、解放军官兵和中学师生，则都是背风坐着。

群众大会结束之后，周总理在帐篷里简单吃午饭。午餐是遵照周总理的嘱咐做的家常便饭，主要是大米饭、炒豆芽、拌菠菜等。之后，就召集了冀县干部群众代表开座谈会。

参加座谈会的有地、县领导，有公社书记，有村党支部书记、副书记，还有普通群众。周总理为打破会场拘谨的局面，指着西沙乡西沙疙瘩村党支部副书记田彩珍，像拉家常一样问："这位女同志叫什么？你爱人在哪里？"

田彩珍回答道："我叫田彩珍，爱人在浙江当兵。"

周总理笑着说："你们这里'爱人'如何称呼？我们那里可是叫'老公'啊！"

参加座谈会的人们都笑了。座谈会的气氛轻松而热烈。

周总理接着说："你爱人，是保卫着俺的家乡呀。"

在座谈中，周总理与每一个人对话时，都是首先关切地询问死伤多少人、倒了多少房、灾后群众生活怎么样，并十分认真地口问手记。在与县委书记对话时，周总理摘下帽子放在桌上，戴上眼镜，仔细地看着冀县地图，询问哪些乡村受灾重、哪些乡村受灾轻。

周总理在与人们座谈对话中，谁发言都会激动地、情不自禁地站起来，周总理总是和蔼可亲地微笑着说："快坐下，慢慢说。"

对于"说大话吹牛"问题，周总理虽然没有直接进行批评，但都十分委婉地予以指正。

周总理对当时的西王公社书记梁文才说："（粮食亩产）去年190，今年600斤？你如果实现了，我给你庆功。"

又笑着对西沙乡西沙疙瘩村党支部副书记田彩珍说："（粮食亩产）去年500斤，今年1000斤，一年不行两年，两年不行三年。"

在座谈会上，码头李公社南小庄村党支部书记张书经，向周总理汇报了南小庄村的粮食产量和生产情况。当时的南小庄村，在张书经带领下，引水压碱，修堤造田，扩种粮棉，采用科学的管理技术，取得了粮棉双高产，是省、地、县的农业先进单位，张书经曾经参加了全国棉花会议。

当周总理听到南小庄粮食亩产500多斤、棉花皮棉亩产110多斤后，高兴地说："那你们就是'模范庄'了。"又接着说，"那你南小庄就成'南大庄'了。"

随后，周总理问张书经："书经同志，我看就把南小庄叫南大庄吧？你看怎么样？"

张书经激动地说："行喽，好哇！"

周总理扭过头去问身旁的冀县县委书记高顺古："你说呢？"

高顺古高兴地说："我举双手赞成！"

周总理又征求衡水专区和河北省负责人的同意后，兴奋而严肃地说："我同意你们改（村名），但是，咱们说了，现在都不算定准儿。书经同志，回村开个社员大会，让群众讨论讨论，群众同意你就改，群众不同意改你可别改。这件事还得是群众说了算呀。"

当天下午，南小庄村的群众大会上，社员一致同意将村名改为"南大庄"。

由周恩来总理提议改名的南大庄村改名后，村民的干劲更足了，先后打了十几眼机井，买了七十五马力的"东方红"拖拉机，成为全公社第一个用大型机械的村庄，粮食产量与棉花产量每年都要上一个新台阶。一个仅二百多户的小村，每年向国家交售的公粮就有十几万斤，多次被上级命名为红旗村。中央电视台、河北电视台还把村里收麦和交公粮的场面拍成了纪录片。张书经从20世纪50年代初到1987年病逝，担任冀州市码头李镇南大庄（原南小庄）村党支部书记近40年。

下午3点许，座谈会结束之后，周总理乘飞机离开冀县码头李前往宁晋县耿庄桥。

四、在宁晋县耿庄桥村

周总理乘直升机来到宁晋县耿庄桥村，刚走下飞机，也就是3时19分，突然一声轰响，大地颤动起来，又有断墙残壁倒塌下来，原来这是发生了一次4级余震。

当时，地动村摇，大风劲吹，天气特别寒冷。周总理不理会陪同他的领导和干部们要求他在帐篷里避一避休息一下的请求，立即在村南的一辆卡车上向群众讲话。

周总理说："社员同志们，我现在代表党中央、毛主席和国务院来看望你们，来慰问你们。你们这个地区是地震首先发生的地带。从3月初就开始了，3月6日发生了一次较小的地震，党中央就派中国科学院地球物理研究所来到你们这里。8日来了个大的地震，你们这个地区是个中心。由于你们有准备，虽然8日的地震较大，但比白家寨、马栏损失小一些。

22日的损失就更小，当然房子都坏了，但人畜伤亡得少。所以说，一件事情有了经验、有了准备，就好办了。你们付出了一些代价，但引起了邯郸、石家庄、保定、衡水地区的注意。如果他们也遇上了地震，就不会有大的损失……"

周总理在宁晋县耿庄桥村听取地震科技工作者汇报

他还说："房子倒了是要盖的、砖瓦要烧，但不是几天就盖起来的。盖什么样的牢固、什么样的防震，要研究研究。春播季节到了，现在不是快到清明了吗，你们不要误了农时。只有生产发展了，才能重建家园……生产要靠集体力量，盖房子也要靠集体力量，国家支持你们。因为地震面积很大，所以要一步一步地搞。解放军不能长住这里，但他们要留一部分帮助你们把生产搞好，所以再大的困难也是能够克服的……你们要家里丢了，地里拿回来。这次来看你们，就是鼓舞你们好好生产，重建家园……"

会后，周总理在耿庄桥视察了中国科学院地震考察队。

当时，考察队几乎每人都有照相机，都对着总理拍照。周总理说："我又不是外国人，还用这么多照相机拍照？还是留着胶卷考察地震用吧！"

在这里，周总理看望了地震科技人员，参观了中国科学院地球物理研究所架设在耿庄桥的地震仪器，询问了工作情况，并对他们说："必须加强预测研究，做到准确及时。"

他还说："……地面考察已经进行了一个时期，注意不要增加地方上的负担。仪器、观测人员需要留下，有的地方还要加强，增加人，增加仪器……特别是青年人要大胆设想，但不要过早地下结论……（关于重建家园的问题）要看你们的意见、你们的想法，要征求群众的意见，征求群众的同意，经过支部、大队同意以后再办。"

周总理对科技大学地震专业的同学说："希望在你们这一代能解决地震预报问题。"

听说考察队员段宝梯同志手指受伤，周总理特意看望了她，嘱咐她天气冷要注意，又问她哪个学校毕业、多大年龄。

离开地震考察队以后，周总理又登上直升机，向巨鹿县何寨村飞去。

五、在巨鹿县何寨村

下午5时，周总理乘坐的直升机在巨鹿县何寨村上空出现了，离会场约200米，飞机徐徐降落下来。

在邢台大地震中，巨鹿县遭受重创，房屋大量倒塌，所剩无几；人员伤亡严重，共伤亡15009人，其中死亡1628人、重伤4098人、轻伤9283人。

河北省军区政治部副主任黄建民和巨鹿县委书记张玉美同志走上前去，把周总理迎接到棚子里头。周总理问了问群众情绪，听了张玉美的汇报。

张玉美说："大家知道您来了，在这里等了半天了。"

周总理说："那好，先见见群众。"

周总理从会场的北头走到南头，向坐在那里的群众招手问候。

这时，周总理发现群众面对西北风而坐，就问张玉美："风沙这样大，怎么让大家迎着风沙呢？"

张玉美解释说："这样面对讲台，您讲话方便。"

原来，在周总理到来之前，县委组织人用沙篙和席片、木板搭了个坐北朝南的讲台，意思是让总理避风讲话。

周总理看看会场，皱皱眉头道："这不行啊，同志。我在讲台上讲，避风、方便，可群众呢？"

让几千名群众迎着风听他讲话，周总理不同意，坚持要改变会场的布置，让群众背风而坐。临时改搭讲台是不可能了，那怎么办？只好把一辆刚卸了救灾物资的卡车开到南头，作为临时讲台。

周总理慰问灾区群众

于是，周总理登上卡车，迎着大风，站在麦克风面前对着几千名群众发起口令："起立！"

大家都站了起来。

周总理亮着嗓门："就地向后转！"

大家纷纷转过了身子。

周总理挥着左手："坐下！"

大家开始弄不清是怎么回事，当背着风沙坐下来以后，抬起头来看到呼呼的风沙扑打着周总理的衣襟和面颊时，才陡然明白过来。

会场变成了坐南朝北，汽车的后车厢，当成了主席台。

于是，会场上一阵沸腾，一双双饱含着热泪的眼睛激动地望着总理。

周总理迎着扑面的风沙，开始向群众讲话："你们是巨鹿县的何寨，3月8日那次地震，你们这里受损失很大，我们来晚了。现在，我代表党中央、毛主席和国务院来看望你们，慰问你们。同志们，你们上一次地震，巨鹿县6个公社受到很大损失，付了代价，取得了经验。因此，你们在第二次地震，面积扩大了十几个公社，可是损失小了，房子虽然倒了、塌了，可是人救了、牲口救了。跟头一次比，面积大了、人死伤少了。为什么？因为，第一次取得了经验嘛，付了代价嘛。所以，第一次巨鹿县6个公社，为全巨鹿县，也是为邢台专区，也是为河北省取得了经验。所以，我们首先要对于受害的那些烈士纪念他们，受害的家属我们来慰问你们。因为你们付出了代价，这个代价不仅为我们今天的人民得到了教训、得到了经验；是为了我们后代，也要给他们留下来经验。这个经验，应该谢谢那些受伤的、死难的同志。这种经验，不是一下子就取得的，总要付代价的。"

周总理又说："不管是党的领导，各级党委、政府的工作，部队的工作，都要为人民。譬如，这次来救灾，看工作做得对不对，做得对，你们支持；做得不对，你们批评；做得不够，你们提意见。应当把工作做好。譬如，现在已经到了生产的季节了，很快就是清明，不仅麦子返青了，现在也要耕种了嘛，也要播种。趁这个季节不能耽搁，所以，建房子可以慢一点，现在搭起棚子了暂时住着，先要把生产搞好。不是有些地方老乡们说吗：'我们家里丢掉的，从地里收回来。'这句话很对，这是豪言。我们应该树立这种精神，不管大风、大雨、风沙，我们总要干嘛。地下的东西，我们总要把它收回来嘛。只要有这个精神，今年的生产会搞得更好。今年虽然旱，但是我们有干的精神，拿水来灌，打井来积水，并且我们还能增加土肥，使庄稼生长得更好。生产搞好了，我们就会重建家园的。所以，我们提的口号是自力更生、奋发图强、发展生产、重建家园。我们家里丢的，地里收回来，才会把我们家园重新建好。这一点是要靠你们大家的集体力量的，这次救灾是靠集体力量……互济互救，集体来互救，部队来，工作人员来，帮助大家来救。这样才有力量。希望你们干得更好，干得更成功。等到你们庄稼收的时候，夏收的时候，有工夫我再来看你们。"

最后，周总理又领着大家一起振臂高呼抗震十六字方针的口号。

当周总理离开会场时，热烈的掌声压倒了漫天肆虐的风沙……

2015年4月23日，为纪念周总理的这次视察，巨鹿县何寨村在这天举行周恩来铜像揭幕仪式。高约三米的周恩来铜像坐落

矗立在巨鹿县何寨村"四一广场"的周总理铜像

于该村"四一广场"，上千名干部群众一起瞻仰铜像，以志永远的怀念。

讲话结束后，周总理来到一个军用帐篷里，和七十多名基层干部、抗震模范、群众代表座谈。周总理和县委书记相对，靠桌子角坐下来，询问大家发展生产、重建家园的打算。

当张玉美谈到计划三年恢复时，周总理扳着指头，跟大家商议发展生

产的规划，要求多打井、多植树、平整土地。还鼓励各级干部要深入下去多和群众商量，他说："群众是主人，凡事要多和他们商量。要抓典型，多表扬抗震救灾中出现的先进。"

走出帐篷，周总理边往直升机那边走，边指着眼前的一大片土地，神色严峻地对县、社干部说："建设这么多年了，这里还这样荒凉，我们对不起人民。今后要多植树、多打井，改造旱涝碱，让人民过上好日子。"开过大会后，群众没有走。见周总理要上飞机了，都拥上来送行，周总理向大家频频挥手。走几步回转一次身，又走几步又回转一次身。登上飞机后，周总理再一次回转身来，深情地大声说："乡亲们，大家要把生产搞好，把日子过好。过几年，我一定再来看望你们。"从那以后，邢台地震灾区的人们，年年植树，年年打井。何寨等许多村镇成了平原植树造林的先进单位。

周总理接见劫夫和他的夫人

在帐篷的座谈中，周总理还特意接见了因大地震而前来深入生活的两位当时就已经在全国闻名的艺术家，一位是著名音乐家劫夫（《我们走在大路上》曲作者），另一位是著名词作家洪源。

当时，周总理叫着劫夫的名字说："劫夫，我最佩服你的'大路上'，你的四段词我都会唱。"

说罢，周总理就激昂地唱了起来："我们走在大路上，意气风发斗志昂扬。毛主席领导革命队伍，披荆斩棘奔向前方。向前进！向前进！革命气势不可阻挡……"

帐篷内掌声雷动。

劫夫激动地站起来说："谢谢总理！"

周总理喘口气说："你写的歌曲群众很爱唱。灾区的人民需要精神鼓舞，希望你能为他们写出好的歌子来。"

劫夫表态道："我这次就住下来，力争完成总理给的任务。"

周总理认真地说："我不会唱，但可以为你推广。"

劫夫感动地说："谢谢总理，我一定不辜负您的期望。"

周总理点点头："好啊，我等着你的大作。你可以就地创作，就地教群众唱嘛！"

劫夫回答："好的，总理，我一定按您的要求去做。"

于是，一首当时风靡全国、家喻户晓的《天大地大不如党的恩情大》，就这样在邢台大地震中诞生了。

这是应运而生的一支歌，是再现邢台大地震真实思想和情感的一支歌，是大灾之后全国人民鼎力相助，邢台人民众志成城、逆境奋进的真实写照，也是有感于周总理在"大震"期间三次奔赴邢台，亲自调度、组织和指挥救灾而创作的精品力作。

第五章　我不会唱，但可以为你推广

　　周总理的一句"我不会唱，但可以为你推广"足以证明一代伟人对艺术和艺术家是多么尊重和期待。这让劫夫和洪源兴奋而斗志昂扬。他们深深感悟到了在新中国成立之后，国家面对这样一场大灾难，邢台地区的广大人民群众突然陷入水深火热之中，党和国家该做什么、人民群众迫切需要什么。周总理三次亲临重灾区慰问和视察，感人至深的一举一动、一言一行，让在场的艺术家迸发出最闪亮的灵感火花，展示出自己最精湛的艺术才华。劫夫和洪源，在邢台大地震发生后，深入到活生生的现实生活之中，他们一直在想写出什么样的歌，周总理才可以为他们推广？他们知道自己该写什么、该怎么写，创作出的作品让什么人来唱、又唱给什么人来听……

　　也许，这就是习近平总书记所说的："文艺创作方法有一百条、一千条，但最根本、最关键、最牢靠的办法是扎根人民、扎根生活。"

　　一首《天大地大不如党的恩情大》的歌曲风靡全国，一时间唱响大江南北，这是作家、艺术家"深入生活、扎根人民"结出丰硕成果最成功的范例。

　　"天大地大，也赶不上共产党的恩情大……"是邢台大地震灾区一位老大娘亲自对劫夫和洪源说的。她还说："就是爹娘亲，也比不上毛主席他老人家亲啊……"这位老大娘一家七口人，在地震中死了五口，只剩下她和三岁的孙子活了下来。老大娘老泪纵横地对劫夫和洪源说："老天爷，这可怎么活啊！"少顷，老大娘擦擦泪水，眼里突然放光道："可是，解放军来了，县里的干部来了，不但救了俺，还给搭了这个棚，送来了米面、锅碗、衣被，还说叫俺放心，要把俺养到老，把俺孙子给养大，还要培养他上大学咧……"

是啊，老大娘朴实无华的话语，是发自肺腑的。在突兀而至的大灾难面前，共产党和人民政府的"恩情"真的比天比地都大。

周总理慰问解放军战士

3月8日邢台首次地震后，隆尧县房屋全部倒平的有2725户，全部倒平的有99个村。大部分炊具、粮食、衣被也被砸毁和压埋。当时最低的气温在零下6℃，脱险群众和被救出的伤员需要吃饭，需要穿衣，需要有被褥，需要有安身的场所。群众生活的安置成为灾区广大干部的迫切任务。挖救被废墟压埋的群众的任务完成后，灾区广大干部没有来得及喘息，立即组织群众挖掘被压埋的衣服、被褥。挖出的衣

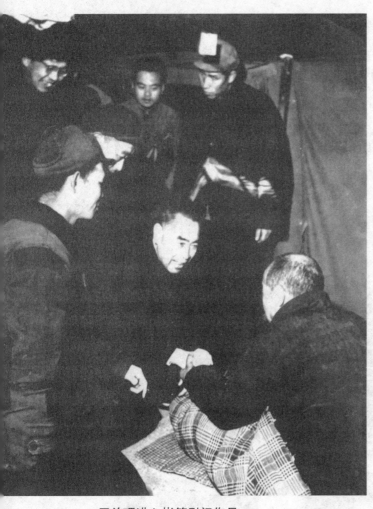

周总理进入帐篷慰问伤员

被，首先满足老、弱、小和伤员的需要。地震当天，商业部便调运了5万公斤棉花，以解决灾区人民的防寒问题。轻灾区和部队也及时将支援的一批衣被送到重灾区。邢台市南长街居委会组织了180人的市民服务队，为灾区赶制衣服、被褥。进入灾区的解放军和轻灾区赶来支援的民兵，协助灾区广大干部和群众，积极挖掘被压埋的衣服被褥，震后仅3天就挖出17万件。灾区群众的防寒问题基本得到了解决。为了及时解决灾区人民的吃饭问题，广大干部积极组织挖掘被压埋的粮食及炊具。如牛家桥公社杨家庄

群众，于3月8日中午，利用挖出的粮食和炊具，吃上了饭，喝上了开水。白家寨公社马栏村的干部，组织群众挖出了集体库存的绿豆，用大锅煮成绿豆汤，分给群众食用。震后4天，隆尧县便从倒塌的废墟中挖出粮食100余万公斤。各级政府十分关心灾区人民的生活。抗震救灾指挥部采取多种渠道，将调集的食品、粮食运入灾区。空军部队出动飞机20多架次空运空投。地震当天上午，隆尧县便组织县直各单位、学校赶制熟食品送往灾区，县粮食部门也迅即将成品粮下发到灾区各村，邻近的市、县、赶赴灾区的人民解放军也为灾区赶制了大批熟食

品。震后3天，每天通过空、陆运到灾区的熟食均在2.5万公斤以上。据不完全统计，截至3月11日，运送到灾区的粮食达300万公斤（仅石家庄市就支援面粉125万公斤），各种熟食20余万公斤。灾区的村干部和下乡工作队迅速将粮食、熟食、蔬菜分发到群众手中，解决了灾区人民的急需。随后，商业部和供销总社从天津、石家庄、磁县、保定、北京等地调进大批铁锅、碗、筷子、铁勺等生活用具，并迅速分发到了各村各户，灾区人民的生活很快恢复了正常。地震过后，房屋全倒平了。在寒风料峭的初春，解决灾民的安身场所也成了当务之急。各级政府十分关心灾区人民的避寒问题，地震当天便开始向灾区调运搭建房屋的材料。到3月11日，商业部和河北省、地、县商业部门调运到灾区的苇席已达6万片、草袋20万个，迅速分发到了各受灾村。灾区广大干部、群众同赶来救灾的人民解放军一起搭建简易住房（简称"防震棚"）。到3月14日，灾区共搭防震棚5.5万多间，基本达到了一户一棚，满足了群众临时居住的需要。这种防震棚采用地窖和窝棚的形式，虽然能防风、防寒、防潮，但在防雨方面尚存有一些问题。因此，到4月份，春播任务完成之后，又对防震棚进行了改造。改造后的防震棚，成为防震、防雨、防寒、防潮（"四防"）和有门有窗、有炕或床、有走道、有放东西的地方（"四有"）的标准式简易房屋。

在宁晋，地震发生后，石家庄、邯郸、衡水、天津等四个专区10多个运输公司200余部运输车来到宁晋帮助运送救灾物资。截至3月12日，宁晋灾区有省、专区、县抢险工作人员1949人，解放军官兵8000余人，各级医疗人员2200余人，计12100多人。救灾期间，解放军官兵为了不给当地添麻烦，常常露宿街头、空场；为了抢救更多的受伤群众，有时一连几昼夜不得食宿。3月8日，解放军某部队二连，接到修复耿庄桥公路桥的任务后，立即从隆尧赶来。四个木工，连夜备料，凌晨4时，按预定方案施工。五班长胡运领，连续参加抗震抢险，生活失调，鼻孔七次出血；新战士张地，染上痢疾病；一班长牛志文，脖子上生了六个脓包疮。他们带病坚持修桥二十几个小时，保证了大桥按预定时间通行运输救灾物资。某部三炮连来到灾区抢救运输伤员，连续工作两天。并主动拿出150元钱，为伤员买饼干152盒、罐头40瓶、藕粉20盒、红糖6公斤。副连长刘永良拿出17元钱，为医院买暖水瓶5个、塑料布2丈。3月12日，某部七连战士帮助刘家场粮站一昼夜挖粮7.5万公斤。战士张国连每小时背粮25袋，一人背出粮食3200多斤。3月24日夜，驻大曹庄解放军某部一连战士谢长法夜间巡逻时，发现77岁的五保户赵老喜仅盖着一条单薄棉被，当即脱下自己的棉大衣给老人盖上，老人感激涕零。某部战士昌敬如，帮助董二肥挖找物品，挖出一个钱包立刻交给房主，群众无不称赞。3月27日，县抗震救灾办公室接到夜间有雨的信息后，立即组织12300名救灾人员，连夜深入84827户农民住处，查看棚舍防雨、防震情况。解放军某部杨参谋长、邢台专区副专员刘晓波、县委书记赵安芳和副书记王占元，冒雨到城关得胜、民主大队30个烈军属家中查看群众防雨防震防寒情况，与城关工委救灾工作人员一起，向群众发放席2100领、草袋1500多个、草帘9400个。孟家庄公社北官庄工作组王俊和村支书曹荣光，连夜冒雨把五保户分别背到大队办公室和自己家里避雨避寒，老人感动，群众称赞……

这就是老大娘说的："没法活的时候……解放军来了，县里的干部来了……"

此时此刻，劫夫和洪源深深懂得周总理和人民都在期待着什么样的艺术作品。

正因为中国人民解放军第六十三军，尤其是该军驻防邢台的一八七师，在大地震中的英勇表现和特殊贡献，周总理才在4月1日这天连续视察了5个村庄，最后在巨鹿县何寨接见了劫夫他们之后，于天快黑时，在政委蔡长元和北京军区空军副司令员李际泰等同志陪同下，乘直升机专程来到邢台市的一八七师师部驻地进行视察和慰问。

在邢台，大家习惯称驻地在西郊的一八七师为"兵营"。

当时的六十三军军长张英辉、副军长徐信，都曾任一八七师的师长，而周总理在考察这个部队的时候，师长是阎同茂。

周总理到达一八七师师部后，分别听取了党政军各方面的汇报，汇报进行了三个多小时。

周总理对阎同茂师长说："要组织宣传队。解放军都要宣传毛泽东思想。你们这个部队，要用一个月的时间，对邢台地区普遍宣传一次，村村走到，不留死角。当好毛泽东思想的宣传队、播种机，用毛泽东思想武装人民群众的头脑，扎下毛泽东思想的根子。军队为人民，人民就为军队。军队帮助人民打自然敌人，将来人民就会帮助军队打社会敌人。这是很好的教育机会，对人民做宣传，对自己也是个教育。灾区要赶快恢复生产，在宣传中要注意帮助群众春耕春播。"

于是，一八七师组织的万人宣传队，立即奔赴灾区。

开会期间，勤务员见周总理放着的那碗水已经凉了，就准备倒了重新换成热水。

周总理一把摁住了碗："有一碗水为什么还要倒一碗水？浪费！"

阎同茂师长请示总理在这里吃晚饭，总理说："好，但不要另做，战士吃什么我吃什么。馒头大锅菜就可以了，越简单越好。"

阎师长安排炊事员杀了一只鸡给总理吃，总理得知后当场批评了他。

这时，周总理的军事秘书周家鼎对阎师长说："总理从来生活俭朴，饮食简单。吃面条、烙饼、大葱就行了，如果做点菠菜、豆腐，总理就高兴了。"

这天直到晚上10点多总理才吃晚饭，吃的是菠菜、豆腐和面条。部队的工作人员要给总理盛面条，总理忙接过碗说："来，我自己盛。"

饭后，周总理硬是交了粮票和菜金。

曾于1965年入伍，当时还是师直防化连的新兵尚润农对我说："周总理的直升机，是在我们师部操场那块菜地上降落的。我们都到那儿去看了，阎师长一直笔挺地站着等总理。听说，总理视察完我们这儿之后，连夜要去邯郸，安排部队派车送到邢台火车站，可当时部队都是吉普车，师里就从石家庄借来两辆小轿车，提前在营房的路边等着，排了一大溜儿。可总理走时，到了那一排小轿车前，有人赶快把小轿车的车门打开让总理上去，总理看了看，不上，而是走到一辆吉普车前，自己拉开门就坐了进去……"

我笑笑说："准备的好车，总理不坐，就坐部队的吉普。"

"据说首长们挺尴尬。"老尚感慨地说，"这消息在俺们部队都传遍了，干部战士议论了好多年，都赞叹总理真是好……"

这一情景不由得让我想起周总理的名言，他说："我们国家的干部是人民的公仆，应该和群众同甘苦，共命运。如果图享受，怕艰苦，甚至走后门，特殊化，那是会引起群众公愤的。"

周总理是晚上12点多离开一八七师的，在河北省省长刘子厚的陪同下，从邢台火车站坐专列去邯郸视察，结束了这一天对重灾区的密集式慰问。

从早晨7点多自石家庄"白楼宾馆"启程去西郊四航校登机，到晚上12点多离开邢台坐专列去邯郸，整整17个小时，周总理一刻也没有停歇。

周总理，不就是党和政府的代表和象征吗？

周总理的恩情，也是共产党和人民政府的恩情。

作曲家劫夫

灾区老百姓的心中，都有一杆秤："天大地大，不如共产党的恩情大。"换言之，天大地大，不如毛主席、周总理的恩情大；爹亲娘亲，不如毛主席和周总理亲……

这一切，都成为劫夫他们这些艺术家的创作源泉和动力。

劫夫，姓李，也叫李劫夫，中国著名作曲家，原名李云龙，曾用名李捷夫。1913年11月17日生于吉林省农安县，1976年12月17日病逝于沈阳。他早年在家乡就读小学、中学。九一八事变后，在青岛、南京等地从事抗日救亡活动。1937年赴延安，先后在延安人民剧社、西北战地服务团工作。1943年调往晋察冀边区任宣传干事及冲锋剧社副社长。抗日战争胜利后，先后任热河军区胜利剧社副社长、冀东军区文工团团长、中国人民解放军第四野战军九纵队文工团团长和东北鲁迅艺术学院音乐工作团副团长等职。新中国成立后，历任东北音乐专科学校校长、沈阳音乐学院院长，并兼任辽宁省文联副主席、中国音乐家协会辽宁分会主席。

　　邢台大地震时，劫夫作为中央派到震区体验生活的文艺工作者之一，当时53岁，他是3月28日和夫人张洛还有洪源等一同来到重灾区隆尧的。

　　劫夫作曲的素材，基本上源于民间。民间音乐、抗战救亡歌曲和苏联歌曲，对劫夫的创作有很大影响。但劫夫作曲并非简单地套用这些素材，而是利用这些素材作元素，创作出独属于他自己的风格来。论者鲁煌曰：他有"……非凡的处理歌词的才能。无论多么拗口、参

劫夫在邢台灾区教唱他新谱写的歌曲

差不齐或冗长的歌词，在他笔下都能处理得流畅通顺，易于上口"。劫夫学生的日记表述了劫夫自己创作的体会："形式固然重要，但内容更重要，应把表现乐曲内容放在第一位，根据内容确定形式。要准确地抓住形象，创作要把词的语气充分表达出来。……我写的曲子有个特点：强调对句，使歌曲进行有规律，唱起来上口。另外，特别注意形象，力求把形象表达准确；特别注意语言语气，尽可能表达出内容的神态。"春风文艺出版社1964年出版的《劫夫歌曲选》，劫夫在本人所作的前言里写道："我写的歌曲，几乎绝大部分都是为配合党的方针、政策和种种政治运动的。我觉得一个革命文艺工作者具有一

种强烈的社会责任感是十分必要的。……假如不是配合全党的各项政治活动，便不能产生我的这些歌曲，因为党的各项政治活动集中地表现了当代我国人民群众生活和斗争的重大事件，千百万群众意气风发、斗志昂扬地跟着党创造了史无前例的奇迹。假如我的歌曲不去表现他们，不能对他们壮丽的事业起一点作用，那还有什么意义呢？"在考察了劫夫各个时期的代表作品后，此说尚不准确，大家认为劫夫的创作理念是"致力于表现人民的斗争生活"。安波同年在《人民日报》以"他是群众的知音，群众是他的知音"来评价劫夫，相对准确一些。一言以蔽之，人民性应该是劫夫的创作理念。

劫夫在隆尧县牛桥杨庄村田间教村民唱歌

任何艺术作品，都会打上时代的烙印，都不能脱离艺术家所处的时代和生活背景单独地审视。因此，劫夫在邢台大地震期间，从一贯坚持的"人民性"创作理念出发，以实事求是的态度，直面新中国有史以来的第一次地震大灾难，真实地表达了人民群众真实的思想感情和对党对国家对毛泽东主席以及对周恩来总理的爱戴。

　　洪源，本名吴洪源，1930年出生，北京人。中共党员，中国作家协会会员。1949年参军，历任解放军前线剧社及六十三军文工团创作员、编导，北京军区歌舞团创作员，解放军文艺出版社歌曲编辑部编辑，《词刊》副主编，中国音乐家协会理事。著有长诗集《扎西》，歌词集《北京颂歌》《美好的赞歌》等。大家最熟知的是1963年他作词、生茂作曲的《学习雷锋好榜样》。而创作出《我爱我家》《知心爱人》《二十年后再相会》等众多脍炙人口作品的著名词作家甲丁，则是他的儿子。

　　当时，洪源36岁，他和劫夫住在隆尧县重灾区牛桥中学操场临时搭建的地震棚里。

　　劫夫和洪源这两位大名鼎鼎的艺术家，在1963年，分别创作出了《我们走在大路上》和《学习雷锋好榜样》。真可谓，强强联手，珠联璧合。灾区抗震救灾的生动情景在他们脑海里一遍遍闪现，让他们夜不能寐。

　　地震无情人有情。

　　党的领导、社会主义制度的优越性、各级领导的组织领导、全国人民的无私援助，共同凝铸了当前的抗震救灾大合唱。而灾区那位老大娘发自肺腑的、原汁原味的话语，不就是最生动的歌词吗？

　　他们开始整理亲耳听到的这些群众语言。正巧，学校的黑板报上，也写出了不少群众自编的抗震口号和豪言壮语。李劫夫便一一抄录下来，同歌词作家洪源一起加工提炼，先谱上曲子自己哼唱，再把学生组织起来教唱。根据第一次学生试唱的结果，他又做了修改，然后再一次教学生唱，再一次修改，直到满意为止。前后用了三四天时间，《天大地大不如党的恩情大》这首抗震歌曲就在牛桥中学诞生了。那优美的旋律、铿锵有力的节奏，不仅可以合唱、二重唱，还适合行进演唱，深受群众喜爱，很快唱遍了地震灾区。经中央人民广播电台播放，立即风靡了全国，成为那个时代标志性的声音——

　　　　天大地大不如党的恩情大，

爹亲娘亲不如毛主席亲。

千好万好不如社会主义好，

河深海深不如阶级友爱深。

毛泽东思想是革命的宝，

谁要是反对它，

谁就是我们的敌人！

　　"党的恩情大""社会主义好""阶级友爱深""毛泽东思想是革命的宝"是当时最时尚的"流行语"，是人民发自内心的道白，毛泽东思想成为自然劫难之后最强大的国家动员力量。

　　在隆尧县采访时，许多地震亲历者对我说，当时，地震突发后，救援部队没来之前，第一时间冲在最前面的，都是村里的党员干部。家是极震区马栏村，现今在畜牧局工作的袁英军还交给我一份他父亲袁桂锁生前写的一份长达9页的材料，是记录他们村当时发生地震后，村民们相互展开自救时，村党支部成员和党员们是怎样发挥"冲锋在前"先锋模范作用的。在这里，我不妨摘录出一段："……支部书记薛书印每到一处，就指定脱险人员为负责人在村里包片抢救。民兵连长、副支书何春所从倒塌的房子底下挣脱出来，没有先挖把自己抚养成人的哥嫂，马上组织民兵发挥突击队作用，挖出砸埋人员150多人，给救生增加了巨大的力量。党支部副书记段成林被挖出后右腿骨折，他手拄着木棒指挥群众挖人，自己不顾骨折疼痛，跪着挖出10多人。副支书、大队长赵路山被挖出后已经不省人事了，他苏醒后第一句话问：'咱村的群众都挖出来了吗？'当知道活着的人全部脱离危险，脸上露出了一丝微笑，并用尽全身力气站起来，他连起三次都摔倒了，才知道自己两腿骨折，最后他拿了两根椽子当拐杖去看望受伤群众，检查挖人情况，每到一处就安慰死亡惨重的群众。可是赵路山一家砸死了6口人，他把一滴滴悲痛的泪吞进了自己的肚子里，一直忍着心中的悲痛和骨折造成的疼痛忙忙碌碌地工作。共产党员薛老宾主动担任片长，一边指挥挖人，自己一边亲手挖出了7个人，使这片群众很快脱险，大大减少了伤亡。共产党员籍文海一连挖出10多个人并组织成立了临时党小组，领导抗震救灾工作，共产党员何所堂不先挖自己的母亲而是将邻居何德发一家5口人全部挖出，他的手被苇箔划出一条条血口子仍在挖人，一连又挖出10多个人，还主动担任片长，组织群众挖人……"

在白家寨村采访时，原村党支部委员、民兵连长国所成对我说："地震的时候，我是在东屋睡的，屋里的檩条是东西向的，一醒来全成了南北向的，我和老伴在两根檩条中间，整个房顶都跑到了邻居家，可见地震的强度有多大。"回忆起当年的地震，国所成依然感慨万千……邻居把国所成挖出来以后，他没有顾得上去挖老婆孩子，而是只穿着一个裤衩就跑了出来，边跑边喊："乡亲们，民兵同志们!谁也不要乱跑，就地挖人啊……"他每到一处，就马上指定民兵负责人，领导组织民兵抢救伤员，迅速展开互救，到上午9点多，活着的人都挖了出来，他才回家穿上了衣服。在回家的路上，他边走边想着如何安排群众生产，抢救伤员，稳定群众情绪。正走着，突然有一个熟悉的声音喊道："所成，人都挖出来了，你快穿上衣服吧!"国所成一抬头，原来是他老婆。这时，他心想，非得挨一顿骂不可，因为他被救之后连妻子和孩子都没顾得挖就跑出去了。但他没有想到的是，妻子却拿出一件棉衣披在了他身上，并且温柔地说："孩儿他爹，你是个党员，是个村干部，现在正是群众需要你的时候，冻坏了怎么领导群众抗震救灾呢……"

大地震期间，哪里有困难，哪里最危险，哪里就有党员干部，那时的党员干部，是真正全心全意为人民服务的公仆。

党就在他们身边，周总理来了，毛主席似乎也来到了他们身边!

劫夫在后来谈到这首歌曲的创作体会时，曾感慨地说："正是全国人民发扬'一方有难，八方支援'的精神，才凝铸出了这首抗震救灾大合唱。"

五十年来，《天大地大不如党的恩情大》一直是隆尧县久唱不衰的"县歌"。时至今日，在一些中老年歌咏队中，这首歌仍在被深情地传唱着。在如今流行的广场舞中，依然能够听到其动人、明快、优美、铿锵的旋律。

天大地大不如党的恩情大

1=D 4/4 2/4

```
5 5 |1 6 5 |3·2 |1·2 3 6 |5 — |5 — |1 5 |6·1 3 |2·3 |5 3 2 1 |2 — |2 —
天大  地 大 不 如 党 的 恩 情 大，      爹 亲 娘 亲 不 如 毛 主 席  亲。

1 1 |2·3 1 2 |3·2 |1·2 3 5 |6 |6 |1 5 |6·1 3 |2·3 |5·3 2 3 |1 — |1 —
千好 万  好 不 如 社 会 主 义 好，      河 深 海  深 不 如 阶 级 友 爱 深。

1·1 1 |6 6·6 |5 1 6 5 |3 — |1 1 6 5 6 5 |6 6 5 |3 5·5 |2 — |1 0
毛泽东 思 想 是 革 命 的 宝， 谁 要 是 反 对 它 谁 就 是 我 们 的 敌   人！
```

地震后风靡全国的歌曲《天大地大不如党的恩情大》

在隆尧县牛桥中学的地震棚里，除了创作这首歌曲之外，劫夫和洪源还共同创作了20余首群众喜闻乐见的革命歌曲。

周总理三次亲临邢台视察和慰问灾区人民的动人故事，也成为著名女画家、中国美术家协会原副主席、北京画院专业画家周思聪创作鼎盛时期的重要艺术资源，成就了她这一时期最具代表性的作品。

1978年，生于天津宁和县，时年39岁的周思聪来到邢台深入生活，沿着周总理当年走过的足迹，采访基层干部，与村民座谈，积累了大量素材，画了不计其数的速写，掌握了许多第一手资料。回京后，她以中央美术学院中国画系高才生，并先后师从蒋兆和、叶浅予、李可染、刘凌沧、李苦禅、郭味蕖等人从而练就出的精湛技艺，创作出了代表她这个时期最高艺术水平的巨幅国画《人民与总理》。这幅作品中的人物众多，姿态、表情各异。总理搀扶着一位白发的老妇人，周边围拢了许多乡亲，男女老少的表情凝重、悲痛，期盼的眼神催人泪下。画面右上方题写着："俺们舍不得总理走，他说：'重建家园后再来看你们。'如今灾区变成了新村，俺们大伙等啊盼啊，就盼着那一天……"具有很强的艺术感染力。在构图上，左下是防震棚的一角，这块三角形的空白，既使画面不显得拥挤，同时又突出了人物群像的中心周总理的形象。艺术地再现了灾区群众和周总理的亲密关系，反映了一种不忍割舍的鱼水情深，表达了亿万民众的心声。

著名画家周思聪创作的《人民和总理》

业内对《人民和总理》的评价是："是一幅典型的主题性绘画。这幅画，采用写实的表现手法和中心式结构的造型方式，对历史与艺术的空间进行了双重开拓。个性与共性、典型化与具体化相统一的形象刻画和情境烘托，传达出一种悲痛、安慰、希望转换交织的复杂情绪。这不仅是特定场景下特殊情绪的展示，而且代表了当时社会环境下人们的普遍心态。艺术语言质朴凝练，充分展示了她深厚的写实功力和对画面的营构能力。此画在人们中引起了强烈反响和共鸣，在中国画坛上具有重要意义。"

《人民和总理》分别参加了"庆祝建国三十周年第五届全国美展"及北京市美展，均获一等奖，现收藏于中国美术馆。

新时期的中国人物画创作，因为有了周思聪的《人民和总理》而不再沉寂。于是，周思聪的名字与新时期的中国人物画创作紧紧地联系在一起，她的《人民和总理》成为新时期中国人物画画坛的扛鼎之作。

周总理在邢台大地震期间的三次视察慰问，成就了周思聪这个"大画家"在美术界无可争辩的地位和高度。

韩喜增珍藏的连环画作品原件

我的一位老领导和老同事韩喜增，也是因创作"周总理视察邢台地震"而成名成家的。那是1977年，河北省出版局委托韩喜增和施胜辰共同创作反映周总理在地震灾区与人民心连心感人故事的画作。当时韩喜增是在电影院画海报的一名临时工，接到创作任务后，他和施胜辰深入灾区采访3个多月，之后躲到邢台市西郊的朱庄水库招待所起草，又到石家庄地区平山县定稿完成。历时8个月，数易其稿，最终完成了53幅连环

《人民的好总理》画稿

画《人民的好总理——敬爱的周总理在邢台地震灾区》。整套作品，从不同角度刻画出了敬爱的周总理在1966年视察邢台地震灾区、慰问受灾群众时的一个个感人至深的场景。该画作由河北人民出版社出版后，在全国发行，影响巨大，当时的河北省出版局方局长称此作为解放以来河北省画领袖题材画得最好的作品。由于那时没有稿费制度，全部是义务，河北省出版局领导考虑到他们的艰辛劳作，破例给他们寄去105元的"辛苦费"，而底稿留在了出版社。

1980年，韩喜增报考中央美术学院研究生，从河北人民出版社取回《人民的好总理》中画得最好的4幅上交学校，顺利进入了中央美院"年连系"，并任该班班长，名噪一时。

韩喜增先生对我说："要不是因为我画周总理的这套连环画，我上不了中央美院，我也成不了专业画家，也就没有我后来的成就。"韩喜增曾任邢台市文联副主席、邢台市美术家协会主席、河北省美术家协会副主席，是享受国务院颁发的政府特殊津贴的专家。

而与韩喜增共同创作《人民好总理》的施胜辰，当时就在驻军某

部当兵,是大规模投入"军救"行动中的一员。施先生对我说:"我参加了'万人宣传队',在抢险救灾第一线,帮当地群众恢复生产。周总理来这里视察的情景,那种亲民的形象,多少年里都一幕一幕在我眼前展现。周思聪来这里深入生活时,我一直陪着她,向她讲述我亲身经历的故事和群众对周总理的情感。这是我多少年来一直在创作并反复修改,总想使之成为我今生最满意,且是我生命体验的画稿《邢台大地震记事》得以成功的原因之一……"

施胜辰《邢台大地震记事》系列水墨画之一

施胜辰《邢台大地震记事》系列水墨画之二

是的,《邢台大地震记事》是施胜辰先生走向艺术创作道路的重要起点,因为我相信1966年3月间发生在邢台地区的大地震强烈震撼了他，感动了他，激励了他。在那瞬间便失去亲人和家园的惨痛时刻，党和政府采取"全民动员、国家行为"全力抗震救灾，谱写了史无前例的最为精彩的光辉篇章。当时三十来岁的施胜辰不像写出《天大地大不如党的恩情大》的劫夫和洪源从北京特意来深入生活，更不像著名画家周思聪后来为创作《人民和总理》前来采访写生，施胜辰是奋战在"抗震救灾、重建家园"第一线的战士。那些动人的场面，感人的情景，灾区群众的一抹眼风、一个动作，特别是周总理三次来灾区视察和慰问的情景甚至细节，都已经成为他生命的一部分，融化在了他的血液中，不仅仅成为他艺术创作的源泉和灵感，而且成为他灵魂的呐喊和精神的诉说。因此，我想说的是，邢台大地震改变了施胜辰的人生价值取向、生活态度以及艺术追求。他的创作始终坚持"人民性、生活化、接地气"。也许，正是从这时候开始，施胜辰的艺术创作开始走上专业美术之路并朝顶峰迈进，最终成为著名画家。他是我国美术教育一代宗师叶浅予的关门弟子、得意门生，后专攻中国戏剧人物画。

这两人都成为当今的著名画家。

韩喜增和施胜辰创作的《人民的好总理》这套手绘素描作品原稿，在北京举行的"北京华晨2011年春季拍卖会"上，以47万元的高价竞拍成交。

第六章 重建家园后，我再来看望你们

周总理在视察和慰问邢台地震灾区时，每到一处，都会说："重建家园后，我再来看望你们。"

灾区人民为了周总理的这句话，为了能让周总理下次再来时，看到在一片废墟上重建起的幸福家园，开始了与劫难斗争，与时间赛跑。

"你震你的，我干我的。"

"家里丢的，地里找回来。"

"你喷水，我浇地。"

"你喷沙，我盖房。"

"你把房屋震倒，我来当肥料。"

在灾区，类似这样的口号，或者说豪言壮语，遍地皆是。

现为隆尧县地震局负责人的范红旗对我说："周总理来过以后，大家的劲头立即大起来了，上上下下拧成了一股绳儿。大人孩子、男女老少，都开始干活了。当时正值春耕，都下地了，打井，烧砖，盖房……"

"俺村的砖窑，烧一窑砖还等不得温度全部降下来，就进去出砖，都戴着手套，手都烫出了燎泡。"白家寨71岁的原支书武永贵接过话头说，"大家都是争着抢着干，不分时晌，不计报酬。"

我不解地问："那为什么不等窑降了温再去出砖啊？"

土窑烧砖的情景

武永贵老人说："大伙着急啊，想早一天出砖，多烧两窑砖，不想等。这边等，那边盖房子也得等啊。"

我问："窑里的温度有多高？"

武永贵老人呬着嘴说："嗨，那天，我手电筒忘到窑里了去拿，一看，电池都烤化了，往外流水，你想想温度有多高……"

为了恢复生产、重建家园，人人都是只争朝夕，大干快干拼命干。

隆尧县原文化局局长国印周感慨地告诉我："当时，群众都认为周总理过几天一定会再来村里看看他们过的日子，所以，为了总理这一嘱托，干部群众一定要干出个样儿来，也是为了让党中央、毛主席、周总理放心。"

十年以后，周总理与世长辞。

这十年，是"无产阶级文化大革命"的整整十年。在这个新中国历史上最特殊的时期，作为一国总理，他顾全大局，任劳任怨，为继续进行党和国家的正常工作、尽量减少损失，为保护大批的党内外干部，费尽了精力和心血，实在无暇重返邢台地震灾区。但他的精神，成为鼓舞和号召邢台人民"自力更生、奋发图强、发展生产、重建家园"的巨大动力。

　　周总理特别关心的是，在灾后重建家园中，要给群众建造能够防震的房子，保证群众以后的安全。他派人到物资调拨现场，去察看建筑材料的质量。他指示地震救灾指挥部进行调研，掌握第一手材料。然后，他亲自出面，要求中央和国务院各部委迅速行动起来，到灾区去指导重建工作。在周恩来作出指示后，由国家建委、高教部和北京市人委，组织建筑工程学院学习建筑工程的学生前往灾区，对灾区的房屋进行实地勘察，总结经验，研究设计抗震的房屋。中国人民解放军总后勤部、国防工办都召开了紧急会议作了传达，并由各部门分别派出工作组到震区对工厂建筑物进行检查。国务院工交办公室，于3月29日下午，召集了工交各部门开会进行传达，并由各部门分别对所属厂矿进行检查。水电部迅速组织技术力量对水利设施进行了检查，并于3月31日以前把震区的大小水库和主要堤防全部检查完毕。国家建委成立了震区房屋修复研究小组，由清华大学、北京工业设计院、北京建筑设计院等7个单位派出设计人员500人，去灾区调查房屋倒塌损坏情况。

解放军战士在转运伤员

　　周总理还特别注意防止灾后疫病流行的工作。他亲自打电话给卫生部长，要求卫生部召开会议，研究灾区可能发生的各种传染病，并采取防治措施。周总理还亲自点名让几个有名的防疫专家去邢台。卫生部按照总理的指示很快行动起来，不仅制定了防止疫病流行的方案，还派出专门人员去灾区指导防疫工作。国务院文教办，于3月29日上午，召集教育、高教、文化三个部，对此问题专门进行了研究。教育部还派出一个工作组去震区现场了解情况。军委总后勤部设立了卫生防疫办公室，负责研究震区防疫问题和震区有无放射性等有害物质。

邢台大地震之后，最需要的是医生和药品。

震后两三天内，各地大批医疗队奔赴灾区，共集结94个医疗队、6835名医务人员。在3月22日大地震后，又增派了1791名医务人员。两次地震，参加救灾的有133个医疗单位，共集结了114个医疗队、8626名医务员。其中，军队3855名，地方4771名。

为统一调度和指挥医疗队伍，3月9日在邢台地区成立了医疗卫生指挥部，由河北省、总后卫生部、北京军区卫生部、国家卫生部派人员组成。

医疗指挥部成立后，对进入灾区的各医疗队统一指挥，军队和地方医疗队混合统一调配，3月10日在6个重灾县建立了29个野战医院、35个手术点，并组织了医疗队和医疗小组分赴受灾村庄进行医疗救护工作。

3月8日地震当天，河北驻军的军区总医院、和平医院及254、104、251、252等医院，派出1670人组成的医疗队，第一时间进驻重灾区，分别到隆尧、任县、宁晋、巨鹿等四个重灾县进行抢救。与此同时，解放军邯郸野战医院、正定256医院、石家庄260医院及和平医院，各派出一个医疗队，到灾区参加抢救。

总参谋部、总后勤部在严重困难的情况下，送来600顶帐篷解决了病人临时收容的问题；在石家庄设立支前药库，发放20000余元的药品；空军出动100多架次直升机，护送伤员821名。

天津市医药公司成立了药品、器械、特种药专业小组，各个环节都设有执勤人员，昼夜坚守岗位，随时准备接受调拨任务。省卫生厅3月8日下午4点通知给隆尧、宁晋、巨鹿三个县空投药械，天津市医药公司仅用了一个小时的时间就将9种空投药品和医疗器械准备齐全，在两个小时内将空运的22种药械共148箱装备完毕,保证了空投和空运两架飞机按时起飞。从3月8日中午到9日下午的30个小时内,天津市医药公司共支援邢台灾区11批药械,1497种,共515箱。

由于强烈地震突发,瞬时在邢台震区出现了几万名不同类型的伤病员,虽然是全省范围紧急筹措药品,但是仍然不能保证灾区的需要。为了应急,必须打破常规、广开药源,才能保证灾区的抢救需要。

1966年3月8日地震当天,国务院财贸办公室根据灾区情况,通知商业部负责解决药品供应。

商业部立即通知所属医药公司直接供应药品。

中国药材公司在3月8日地震当天,调往灾区大批跌打丸、云南白药、伤湿止痛膏。3月9日,又在储备药品中,调给乳香2500公斤、牛黄1公斤、血竭10公斤、治伤丸20000盒。3月11日,从天津调拨七厘散10000瓶。

由上海医药站支援受灾地区的医疗器械,共计44件,由三架飞机先后于3月9日21点、10日早晨3点左右先空运抵京,再

各地运往灾区的救灾物资

各地运送救灾物资的车辆

转送灾区。随后，又调拨一批药械47种，共5974箱，用快件发送石家庄，3月11日下午到达。

"一方有难，八方支援。"全国人民纷纷伸出温暖的双手，大江南北掀起"无私援助、向灾区人民献爱心"的高潮。

山西省委、省人委3月9日打来电报，对灾区人民表示关心和慰问，并随即派20名医生、9辆救护车赶赴灾区，还无偿支援大锅两万口。

陕西省人民委员会3月12日发来电报，将天津市支援陕西的汽车提前调回，支援邢台灾区。14日又打来电话，转达陕西省领导对邢台灾区的关心，表示灾区需要什么就支援什么。17日再次打来电话，支援棉布50万市尺、棉花5万公斤和一部分衣服。

新疆维吾尔自治区党委、人委及时发来慰问电报，3月13日还派自治区人民委员会秘书长到河北省驻西北办事处进行慰问，并当即提出无偿支援小麦50万公斤，长短途运费均由自治区负责。该批小麦于3月18日发往邢台，在装车时又增加了2.5万公斤，实装52.5万公斤。

黑龙江省无偿支援邢台灾区土豆150万公斤，杂木杆700立方米，黄牛300头，并供应饮料1000吨。

内蒙古自治区无偿支援灾区牲畜3000头。

西藏自治区无偿支援灾区好马242匹，包括运费和途中所需饲料，并由西藏选派专人亲自运送，历经26天，行程5500公里，马价加运费共开支48万元。为了保证藏马的安全，护送人员一直守在牲畜旁边精心饲养照料，每到一个站点，不顾自己劳累饥渴，首先为牲畜找水供料，终于把牲畜安全运到邢台。

沈阳军区支援300匹军马，在交接时详细介绍了每

外地运来的急需生活用品铁锅

匹马的情况。

上海市委、市人委得知邢台地震的消息后，立即派人前往河北省驻沪办事处询问有什么困难和问题，他们以最快的速度将成批的急救药品、医疗器械和生活用品运到邢台灾区。

上海市废品公司支援邢台灾区薄钢板50吨、边角钢材110吨、新油桶300个。

中国纺织品公司上海一级站支援邢台灾区旧衣服1万多件，布胶鞋3000多双。除此之外，还支援了毛巾、枕席、汗巾、床单、童袜、汗衫等共12150多打。

山东省青岛市为了支援邢台地震灾区、抢救受灾群众，除了将原订二季度合同规定的医疗器械提前在3月份调完外，还在计划外于3月10日给邢台发出输血胶管2150米、乳胶手套3000副。

云南、浙江、甘肃、宁夏、山东、江西等省以及哈尔滨、沈阳、德州、重庆、武汉、兰州、广州、厦门、蚌埠、南京、柳州、梧州、台州、温江、常德、郑州、许昌等地，都及时运来灾区急需的药品和物资。

据统计，从3月8日开始，全国各地陆续支援邢台地震灾区救灾物资的，有24个省市自治区、18个地区和城市，主要物资有48种，总值达1654万元，其中许多是无偿支援的。

同时，全国各地自发的个人捐助源源不断寄到灾区，许多包裹信笺上不写寄件人的住址姓名，只是署名"一个工人""共产党员""共青团员""人民的儿子"等等。

当火车经过邢台的时候，许多粮票、人民币从车厢内投向站台。在国务院发出通知劝阻捐款和退寄大量款物的情况下，仍然收到现款87.8万多元、粮票39.6万多斤、布票3.5万多尺、包裹1391个。

邢台大地震发生时，正值春耕春播将临之际。突然间，人员伤亡，劳动力减少；地表开裂，农田有的被水浸泡，有的被沙压地下；冒水喷沙，有碍耕作；大牲口被砸死砸伤，农具被砸坏；水井被震坏等等。这一切给立即恢复生产造成了巨大困难。

　　灾区的广大干部群众在周总理的关怀和重托下，点燃了前所未有的激情，积极响应周总理的号召，在各级政府的组织协调和救灾部队、工作队的帮助下，不失时机，抓紧春耕生产准备，迅速掀起了生产热潮。

　　在隆尧县，针对部分农村基层干部在地震中受伤和死亡的情况，县抗震救灾指挥部及时从轻灾区调集了一部分干部予以补充，首先健全了各级行政与生产管理机构。由于人员伤亡，农村劳动力缺乏。各村对劳力

灾区群众将震塌的房土作为肥料送往地里

统筹安排，合理使用，保证救灾、生产两不误。分派一小部分人从事搭建房屋和安排生活，大部分劳力从事生产，抓紧早期麦田管理和备耕。各村还将老弱、轻伤人员组织起来，分配力所能及的工作，轻伤员照顾重伤员，能自理的照顾不能自理的，老人照看小孩，省出尽可能多的男女劳力参加农业生产。参加救灾的部队、医疗队、工作队也积极参加春耕，帮助灾区恢复农业生产。地震使大批农具遭到破坏。灾区人民从废墟中挖出农具14750件，及时进行修复。国家下拨木材3000立方米供修理农具使用，并从天津、石家庄、邢台等地抽调一批技术人员为灾区修理大型农机具和排灌机械。天津市派出大批农机修理人员支援灾区，到4月底，就为灾区修理了大型排灌机械295缸，电器设备148台，仅水泵就236台。各村还积极组织铁匠、木工制造新农具，赶修被砸坏的农具。牛家桥村，在震后第8天，便组织起了6名铁匠、22名木工，就地取材，赶修、抢修了大批农具。同时，国家还下

拨了共折款6.5万元的中型农具、折款4.975万元的小型农具，弥补了灾区农具的不足。震后三天，灾区人民的生活安置就绪之后，农业生产的恢复工作便着手进行。仅用10天时间，全县便平整土地1600余亩，清除了750余亩被地下冒沙压埋的土地，修复了5条6公里长的被震坏的河道，修复涵洞204个，浇麦15万亩。为麦田追肥、锄划麦田、重修扬水站，各村都成立了打井队。除修复被震坏的旧井外，到5月底，全县新打机井918眼，扩大水浇地面积88700余亩。地震使大批耕畜遭到伤亡，隆尧县砸死牲口448头，334头受伤，给农业生产增加了很大困难。地震当天，农林部和部队便派来兽医医疗队奔赴灾区医治受伤的牲畜，还将部分受伤牲畜送到非灾区饲养、治疗。为了弥补生产耕畜的不足，抗震救灾总指挥部及时从内蒙古、黑龙江、西藏、部队及省内轻灾地区调集了大批牲畜。黑龙江支援灾区耕牛300头，沈阳部队支援军马200匹，西藏自治区挑选了64匹优秀种畜派人亲自送交灾区，省内各地市支援毛驴500头，使灾区克服了缺乏耕畜的困难，保证了农业的恢复和发展。隆尧县地震当年的粮食总产达14507万公斤，创历史最高水平，比震前的1965年的11462万公斤增长21%；单产达147.2公斤，比上年的136.1公斤提高7.5%。

邢台地区粮食总产9.3亿公斤，创历史最高水平，其中，隆尧、宁晋、巨鹿、新河等四个重灾区比大丰收的1965年均有大幅度增长。

在抢险救灾阶段，六十三军从各地集结来的部队以及北京军区调动来的官

灾区人民就地生产建筑材料

兵经过27个昼夜的连续作战，仅在隆尧县灾区便从废墟中救出17122人，抢救重伤员5300余人、牲畜1100头，医疗队转运伤员6370人，挖出粮食176.5万公斤、棉花30万公斤、衣物10余万件、生活用具和生产工具13万件，帮助灾区群众搭建防震棚55.2万多个。空军出动飞机84架，飞行369架次，为66个村镇空投了医药、食品和医疗器械9.3万公斤，空运帐篷129顶。直升机运送伤员900余人，接运各级领导、新闻记者和救灾人员900余人，承担空中摄影1704平方公里，协助拍摄了地震影片。

测量员在测量宅基地

白家寨村民在盖房

在宁晋县，到3月下旬，全县农村恢复正常生产。3月24日，铺头村8个生产队投入生产，社员梁辛月说："家里受了灾，地里再不能受损失。地震再闹，不能再给国家找麻烦。国家帮助咱修房，咱要支援国家粮食。"25日，东汪一大队出动劳力520人。5月10日，对全县所有3.07万公顷小麦进行全面管理，其中担水浇麦3333.3公顷、追肥231.5公斤、施肥135万车、锄划小麦两万公顷。播种高粱1.92万公顷、棉花0.9万公顷、谷子1733.3公顷、玉米866.7公顷。日出劳力13万人、活动机器1126台、水车3180挂、辘轳700架、水桶1000多副、泼斗300多个、滑车15个、支杆150个、水包24个。灾后，农机具破损严重，各社、队组织修整。5月，全县生产水泥井管20955米、井架115盘、打新井409眼、修井191眼、挖土井30眼。制耧2702张、耢子1623个、熟耙865个、大小车盘1840个，其他铁木农具29354件。

到5月份，全县恢复工副业生产摊点1650个，投入劳力12317人。主要工副业种类：打铁、木业修理、制造、打箔、制砖、草帽辫加工等35种。耿庄桥、长路一带的农民恢复土布加工。北河庄公社9个大队，从3月15日到22日，编草帽辫4000挂。

重灾区宁晋县东汪公社群众积极响应周总理"自力更生、奋发图强、发展生产、重建家园"的殷切重托，积极开展抗震自救。"你喷水我浇地，你喷沙我盖房"成为东汪人民抗震救灾的豪言壮语。他们首先是发动群众恢复生产，家里丢了地里找。男女老少齐上阵，土洋工具一起上。抓革命，促生产，打好小麦管理和春季播种两个硬

震后重建的白家寨村新房

仗。在夺取小麦丰收基础上，积极抗旱播种，排涝保苗，扩大棉花、高粱、玉米、谷子、薯类、小杂粮等秋季作物播种面积。动员妇女、儿童参加集体生产劳动，积肥追肥、除草灭虫，提高田间管理质量，夺取全年农业大丰收。其次是重建校舍，恢复上课。就地取材，土法上马，运来房屋倒塌后残存的旧砖块，用土和泥砌砖，在学校的废墟上建起了两排简易的临时教室。教室内垒起了一排排砖砌的台子，替代被砸毁课桌。学生们全部搬进了防风防雨、安全可靠的简易教室，恢复了正常的教学秩序。随后，开展了轰轰烈烈的建设社会主义新农村活动，规划建设新房屋，县委提出的"农闲大建，农忙小建，大忙不建，抓住农业生产空隙进行突击"的办法，使生产劳动、重建家园紧密结合。为了解决新农村建设材料匮乏问题，修建了几座"土砖窑"，用自制的模子"扣坯子"，制出的"五面光"的砖坯，缺少煤炭就弄来麦秸烧窑。还发动群众在麦场里脱土坯、打秫秸箔，不断满足建房的物资需要，加快了建房进度。到1968年末，用了不到两年时间，新农村建设基本完成，全镇8000多口人、近3000户村民重新开始了安居乐业的新生活，抗震救灾、重建家园取得了重大胜利。

在巨鹿县，国家为他们空投和调拨了价值29502元的抢救药品和器械，派来了2099名医务人员，其中部队368名，设立了6个战区医院，使所有的轻重伤员都得到了及时治疗。644名重伤员用直升机等分别转运到邢台、邯郸、石家庄等地治疗。同时，发放了熟食6.57万斤、席子7.3万领、草袋38.5万个、杆子5658根、锅5400口、碗6.7万个、成品粮1.79万斤、粮食155.8万斤、煤炭1.419万吨、苇箔1.7544万领。灾民一般在9到10号就都吃上了自己做的饭，到14号普遍住上了防风、防雨、防潮的简易窝棚，并挖出了部分被压埋的物资，为迅速恢复生产打下了坚实的基础。

截至8月27日，全县累计修建简易房67434座，修补原有房屋43850间，修建成品房15200间、饭棚30830个、碾磨棚2877个、仓库871座、牲口棚3201个、小学教室1970座，这些房屋建设在5月底前基本完成，6、7月份又连续进行了几次大检查及维修，巩固提高了房屋质量，做到了人有住所、学生上课有教室有课桌，满足了群众住房需要，保证了安全度夏。在建设中，坚持了发动群众、依靠集体、统一修建、自力更生的原则。在安排次序上，是先五保户、烈军属、贫下中农困难户，后一般户，先群众后干部。制止了分散单干，解决了贫下中农在劳力、物料等方面的困难，保证了及时住房。

震后学生在上课

据统计，到1966年5月7日，邢台地区11个较重灾县已经修好旧房163647间、修建简易房743675间，每户平均1.6间，同时，有587个村庄积极筹建永久性抗震房。此外，各地搭建饭棚、碾磨棚、仓库、牲口棚、学校教室的进展也很快，邢台地区搭建饭棚22.4万间、仓库1.4万间、牲口棚1.8万间。

震后两个月，灾区各地基本实现了户户有住房、村村有仓库、学校有教室、副业有作坊、牲口有棚圈，为安定灾区生活、开展生产自救创造了良好的条件。

第七章　突破科学难题，向地球开战

　　邢台大地震给人民群众带来的沉重苦难，让周总理落泪和痛心。视察和慰问时的一幕幕惨景，让他寝食难安。促使"时时刻刻为人民着想"的总理，刻不容缓地开始了对地震的科学探索、研究、预报和群测群防这一"国家行为"和"全民行动"的全方位推进。

　　因此，邢台大地震后，是在周总理直接部署和推动下，正式开启了中国地震事业的急速发展期。

　　中国的地震预报机制，从邢台大地震正式开始。

　　中国对地震所进行的大规模的观测、研究与预报探索工作，从邢台大地震后全面展开。

　　中国的地震事业，从邢台大地震的血泊中站立起来，矗立起划时代的里程碑。

　　邢台地震发生后，周总理发出了关于加强对地震科学研究和探索工作的一系列重要指示和讲话，现整理一部分摘抄如下：

　　"希望转告科学工作队伍，研究出地震发生的规律来……知道这在外国也是从未解决的问题，难道我们不可以提前解决吗？"

　　"虽然地震的规律问题是国际都没有解决的问题，我们应当发扬独创精神，努力突破科学难题，向地球开战。这次地震给予我们很多观察地震的条件，要很好地利用这样的条件，我们要总结出经验，为人民造福。我回北京后，要把搞地震救灾的部门都动员到现场来……"

（1966年3月9日晚，周总理在隆尧县邢台地震救灾指挥部听取汇报时的讲话。）

"这次地震受损失很大，要记录下来传给下一代，下一代再发生就会受损失小，这样就对得起死了的，也对得起后代。"

（1966年3月10日下午，周总理在隆尧县白家寨视察灾情慰问受灾群众时的讲话。）

"这次地震，代价极大，必须找出规律，总结出经验。"

（1966年3月10日晚，周总理在石家庄地区白楼宾馆接见参加邢台地区抗震救灾的党政军各方面的负责人，听取了他们的汇报后作出重要指示。）

"……地面考察已经进行了一个时期，注意不要增加地方上的负担。仪器观测人员需要留下，有的地方还要加强，增加人，增加仪器……特别是青年人要大胆设想，但不要过早地下结论……必须加强预测研究，做到准确及时。"

"希望在你们这一代能解决地震预报问题。"

（1966年4月1日下午，周总理在邢台地区耿庄桥视察中国科学院地震考察队，看望地震科技人员，参观地球物理研究所在耿庄桥的地震仪器，并对中国科技大学地震专业的同学讲话。）

"地震预报要好好搞一搞。"

"对城市、铁路、水库，都要注意扩大观测范围。"

"有关研究地震自然现象的各种科学机关，必须加强研究，包括地球物理、地质、大地测量等学科，要求已经在灾区进行地震研究的科学人员，对地震的形成、发展趋势等问题，尽量找到规律，总结经验。"

"对（邢台）这次地震要抓住不放，要赶快抓，就可能有所创造，也许地震预报问题能在这次找出头绪来。"

（1966年4月7日，周总理在国务院的会议上
对地震工作作出指示。）

"要把北京地区的地震问题与邻近地区一并考虑，以保证大城市、大水库、电力枢纽、交通系统的安全。"

（1966年4月10日，周总理在国务院会议上
对地震工作作出指示。）

"今天请你们来就是希望你们搞地震预报，这是我交给你们的任务。"

（1966年4月27日，周总理在北京中南海听取地质力学专家
兼地质部部长李四光、地球物理勘探专家兼石油部石油科学
研究院副院长翁文波对邢台地震观察的汇报后的讲话。）

"要到现场实践，大力协作，协同作战……我国石油已放出异彩，我们要在地震问题上也放异彩。"

（1966年5月28日，周总理接见出席邢台地震科学讨论会
的代表，听取了他们的汇报后，对陪同他接见的聂荣臻、
郭沫若、李四光、武衡、钱正英等负责同志发表讲话。）

"测震，地震台我去邢台看过。地形变搞些什么，归谁管？地倾斜归谁搞？地应力归谁搞？用地磁预报地震何必那么急于否定呢？百花齐放，百家争鸣嘛！提出来研究，看哪一种比重大。地电归谁搞？重力是怎么回事？地下水，邢台地震时

变化很显著嘛！冒黑水是什么原因，云南有没有？水化学是什么？氦气是什么，英文怎么说？……你们说有十余种方法，才说九种，动物为什么没有提到，是不是不重要？地震前动物是否有反应？动物观测不能取消。动物某一种器官比人灵敏，动物要研究。蚂蚁虽小，下雨天就知道要搬家。各种动物有各种反应，有的迟钝，有的不迟钝。不仅动物要研究，植物也要研究。……气象与地震有没有关系？天体的因素都要考虑。中国县志上也讲了一些现象，有些是有道理的，别国可能没有那么长的记载。"

（1970年2月7日，周总理在人民大会堂接见全国地震工作会议全体代表之前，与几位青年科技工作者座谈时的讲话。）

"地震是伤害劳动人民的，劳动人民要对付它，总会想出一些办法来。通过实践，到地震区去实践，不断总结劳动人民的经验，总会作出预测的，然后，实现预防。地震是可预测的、预见的。有预见才能预防。不仅要有专业队伍，还要有业余群众队伍，团结在专业队伍周围，要土洋结合实现预防。"

"邢台地震到现在不到四年，已有不少经验和资料了，再搞四年就会放异彩。"

（1970年2月7日，周总理在人民大会堂接见全国地震工作会议全体代表时的讲话。）

周总理对地震工作的一系列指示，成为指导我国地震工作的战略方针。

地震，尤其是地震的预测和测报，的确是个世界性难题。

究竟难在哪儿呢？

据专家介绍，地震的难以预报体现在许多方面，但主要有几点：

一、地球内部的情况难以知晓，地震多数发生在地下15千米以下的地壳里，而目前人类对于地壳的研究只能通过钻机钻至地下12千米，远远做不到直接观察到地震孕育发生的全过程，只能在地表凭借有限的仪器设备捕捉地壳内部结构和状态变化的间接信息；二、人类对地质观察的知识和数据积累并不全面和系统，人类掌握的地震记录和数据并不多；三、人类对地球构造运动的理论还不成熟，认识才刚刚开始，即便有一些经验和知识，也是此一时的知识和经验，不能用于彼时。地质研究人员认为，从地质学的角度考虑，作为一种地质现象，地震发生前一定会有许多前兆，对地震前兆掌握得不够多、不够准，是目前我们无法预报地震的核心问题。

在各种自然灾害中，地震被列为群害之首。在我国约占全球陆地面积十四分之一的国土上，每年发生的地震次数却占全球陆地地震次数的三分之一。因此，我国是一个地震多发的国家。我们的先民对地震做过大量的记载和研究，举世闻名的张衡地震仪是世界最早的观测地震的仪器。新中国成立后，特别是第一个五年计划进行大规模经济建设的时期，研究确定各地区的地震烈度成为基本建设的先决条件。中国科学院决定请范文澜同志领导的历史研究所搜集整理历史典籍和地方志上的地震记载，用统计学的方法，研究判定各地的地震烈度，出版了《中国地震资料年表》。这本书记载了世界上最早的地震，作为世界上第一本最古老的地震史料与读者见

周总理视察熏烟记录仪

面。在1956年国家制定的《一九五六年至一九六七年科学技术发展远景规划》（十二年规划）中，地震研究被列为第33项中心课题之一。1958年，在"破除迷信，解放思想"精神的鼓舞下，组织了西北地震区前兆现象的考察。1963年，傅承义教授在《科学通报》上发表了题为《有关地震预告的几个问题》的文章。但是，地震能不能预报？认为地震不能预报的不可知论是不对的，认为地震预报可以轻而易举地报告准确也是不对的。要解决这个问题，必须进行大量的科学调查研究，在实践中得出真知。

此时，邢台大地震突然爆发了，这是建国后造成巨大伤亡和损失的第一次大地震，无疑为地震预报研究提供了契机。

而周总理的亲自调兵遣将，全面打开了"专群结合，监视震情，多路探索，综合研究"搞地震预报的崭新局面。

"每一秒提前预警背后，都是无数的生命。"

原国家地震局副局长朱凤熙重返灾区时的题词

于是，在周总理的直接调度和安排下，还在邢台大地震余震未息之际，各路科研人员纷纷赶往灾区。

1966年3月8日下午6点，周总理在国务院会议厅接见地震工作者，提出要"开展地震预报研究，地震队伍要扩大"的要求。之后，按照国务院的具体部署，中国科学院从地球物理研究所、地质研究所、地理研究所、华北地理研究所、工程力学研究所等单位派出53人，由顾功叙带队赴现场工作。李善邦、傅承义、刘恢先等科学家也先后来到邢台地震现场；石油部翁文波带队到邢台；测绘总局派出一个分队进行大地测量；地质部成立地震地质大队，队长习东光、副队长陈庆宣与胡海涛带队到现场进行地震地质调查；国家科委派朱凤熙带工作组到现场组织工作。

国家科委和中国科学院组成地震办公室，3月16日，研究决定：在邢台地震灾区的现场工作由朱凤熙统一指挥。

遵照周总理的指示，国家科委迅速组织了中国科学院、地质部、石油部、测绘总局及有关大专院校24个单位、450多名科技工作者，携带仪器设备，从全国各地奔赴邢台地震现场，进行考察、调查，建立地震台，开展现场观测及预报研究的探索。

1966年4月22日，李四光部长来到邢台地震现场隆尧县。由于李四光患动脉瘤等疾病，周恩来总理十分关心李四光的安全，一再叮咛地质部有关领导不要让李四光到极震区去，国务院特地为他安排了一节公务车。陪同前往的，有地质部副部长张同钰、地质力学研究所研究员陈庆宣、地质部地震办公室主任王树华等10余人。李四光考察了设在隆尧县尧山的地应力观测站，同科学工作者一起座谈，探讨地震预报的途径，分析了今后地震可能的发展趋势，还亲自指导了地质部邢台地震地质考察队编写的《邢台地震初步考察报告》。

此后多年间，随着一系列大地震的发生，科研部门陆续派出多门类、多学科的有关地震科学考察人员，多个部委和省市所属的50多个管理机构、100多个科研单位、4000余人分批次奔赴邢台地震现场，开展大规模的地震考察和地震预报实验研究工作。全国大批科技精英和专家奔赴邢台地震现场，开始向地球宣战，开始向这一"世界性难题"发起了全面的"总攻"。

石油部三零六队在震中区布设了18个重力观测点，用海兰德零欧式重力仪进行巡回观测；重磁队在震区内外建起了8个地磁观测站，开展震磁关系的探索。

中科院兰州地球物理研究所地壳物理研究小组钱复业、赵玉林等一行四人较早到达邢台隆尧县重灾区莲子镇，此前他们在顾功叙、秦馨菱、曾融生院士的指导下作了数年地震电测方法研究。来自全国各地的大学毕业生和复转军人不断加入到这个小组，最后，发展到70多人，将名字改为"新桥地震队"。他们进行了电阻率、大地电场、大地电磁法观测，研究地震前后地下岩石视电阻率的变化，先后在大柏

周总理和李四光亲切交谈

舍、牛家桥等13个地方建起了地电观测站。

科学院、地质部和河北省地质局建起由147口观测井组成的中国第一个地震地下水观测网。

科学院贵阳地球化学所和地质部水文工程地质研究所，在震区内外，开辟了利用水氡及引水多种化学变化的动态监测的新途径，观测井数量达35个。

国家测绘总局、中科院地质所、地球物理所等单位在震区8个地方布设了定点形变站，通过观测短水准、地倾斜、短基线的变化，来监视地壳形变和强余震的发生。

地质部地震地质大队、地质力学研究所，按照李四光选定的隆尧县的尧山、柳行两个地点，建立了中国第一个为研究和进行地震预报而设置的地应力中心试验观测站，用井下电感元件传导地应力在地震前的变化信息。

红山地震台

1966年7月13日，在隆尧县卧牛山建立了红山地震综合台，台站设有微震、强震、地磁、地电、地倾斜、水氡等观测手段，承担综合观测、地震速报、综合预报和发布震情的任务。

科技工作者在广泛考察的基础上，利用本部门现有的地学探测仪器，结合群众反映的震前看到的异常变化现象选用有关仪器，分别建立了各自的观测台站，开始了地震预测预报的现场实践。进行地震监测预报的试验项目有测震、地形变、地倾斜、地应力、地磁、重力、地电、地下水、水化学、气象、天文、人工地震、超声波、生物等14个专业，30余种手段，58个台站，共100多个观测项目。同时，还有大量群众性的测报站、宏观哨，观察水位、动物反应、简易地应力、土地电、地声、地温、水电导、电磁波等十几种手段。在全震区，形成了多门学科、多路探索、多个兵种联合攻关的综合性前兆观测台网。

于是，中国第一个专家与群众结合进行地震预报的试验场，就这

红山地震台测量仪器

样奇迹般地在邢台大地震中轰轰烈烈诞生了。

其人员之多、规模之大、范围之广、研究之深，史无前例。

据不完全统计，前来邢台地震灾区的国家有关部委领导和著名专家有：

地质力学家、地质部部长李四光。

卫生部防疫司副司长张兆生。

中国科学院地球物理研究所长、考察队队长顾功叙。

地震专家李善邦、傅承义。

地球物理勘探专家、石油科学研究院副院长翁文波。

第一机械工业部第一设计院工程抗震理论学家张有龄。

地质部地质科学研究院副院长习东光。

地质力学研究所研究员陈庆宣。

华北地质科学研究员王曰伦。

建筑工程部建筑科学研究院副院长兼建筑结构研究所所长何广乾。

抗震专家龚思礼、魏琏。

建筑专家童增鸿、董石麟。

中国科学院工程力学研究所所长刘恢先、测量与地球物理研究所所长方俊。

总后营管部总工程师冯天麒。

国防工程设计院副院长张煌。

总后建筑设计院建筑专家金培才。

中国科学院生物物理研究所副研究员郑竺英。

中国科学院地质研究所副所长张文佑、副研究员徐煜坚、大地构造室研究员陈国达。

地质部地质力学研究所副所长孙殿卿。

中国科学院副秘书长卫一清。

国家建设局局长曹洪涛。

中国科学院地球物理局局长康义之，党委书记副局长张魁三，副局长郤得刚、朱凤熙。

北京地球物理研究所党委书记苏守鄂、副所长谷景林。

地质研究所党委书记李明。

兰州地球物理研究所党委书记谢文祥、副所长张荣珍。

国际友人路易·艾黎（新西兰）。

石油部六四六厂副总工程师陈祖传。

……

除了时任全国政协副主席、中国科学院副院长、著名地质学家、地质部长的李四光之外，来邢台地震灾区的专家学者，大多是国内顶尖的科学精英，很多人后来因此成为"中科院院士"。在他们的人物介绍或者传记中，都将其"在邢台地震期间赴灾区进行××研究、××试验"写入他们的重要经历之中。

现选择几位有代表性的专家录此永志怀念：

顾功叙　地球物理学家、原国家地震局地球物理研究所研究员。1908年6月生于浙江省嘉善县。1929年在上海大同大学毕业后，到杭州浙江大学物理系任助教。1933年考取清华大学"庚子赔款"公费留学生，指定去美国学习地球物理勘探。1934年9月进入美国科罗拉多州矿业学院，于1936年取得该学院的地球物理硕士学位，后转赴加利福尼亚州理工学院地球科学系作研究工作。抗日战争爆发后，1938年中断在美国的研究工作回国，到抗战后方的云南省昆明，任当时已搬迁到昆明的北平研究院物理研究所研究员、名誉所长、中国地球物理学会和中国地震学会的理事长。1955年被聘为中国科学院院士。新中国成立后，顾功叙任中国科学院地球物理研究所研究员、副所长，主持地球物理勘探的研究工作。1952年地质部成立后，顾功叙先后任该部地质矿产司副司长，地球物理勘探局副局长、总工程师，具体组织和指导地质部系统的地球物理勘探工作。

邢台大地震之后，顾功叙遵从周总理"地质和地球物理工作者加强地震预测预防研究"的指示，把主要精力转移到地震预报研究方面，主管中国科学院地球物理研究所的地震科学研究工作。他带队将仪器装备运往邢台地震现场，3月9日陪同周总理视察了临时架设的地震台。并与科技人员一起，根据仪器记录的变化，在那里探索地震预报。

国家地震局成立后，顾功叙任该局地球物理研究所副所长，继续指导深入开展地震预报及有关问题的研究工作。1985年，顾功叙退出领导工作的第一线，任名誉所长，继续进行研究工作和培养指导研究生。1979年，顾功叙与傅承义、翁文波、马杏垣、张文佑、李善邦、秦馨菱、谢毓寿、曾融生等地球科学家们发起和创建了中国地震学会，创办编辑出版《地震学报》。顾功叙历任该学会理事长、名誉理事长和《地震学报》主编、名誉主编。他历任全国人民代表大会第一届至第七届代表，1977年当选为国际大地测量和地球物理学联合会（IUGG）中国委员会主席。

李善邦 中国地震学家、中国地震科学事业的开创者。1902年10月生于广东兴宁。1925年国立东南大学（今南京大学）物理系毕业。1930年建起中国自办的第一个地震台北平鹫峰地震台，并用其观测资料编辑出版《鹫峰地震月报》和《鹫峰地震专刊》。抗日战争时期，转赴水口山、攀枝花地区做物探工作，指导地磁三要素测量，50年代据此制成中国第一幅地磁图。1943年制成水平摆鹫峰地震台式地震仪，建成四川北碚地震台。后用他设计制造的仪器装备了第一批地震台站，构成地震台网。他参加了中国历史地震资料的整理工作，完成了第一份地震区域划分图，编辑《中国地震目录》。

邢台大地震发生后，李善邦第一时间赶赴灾区。听说李善邦来了，听说他是研究地震的，悲伤的老百姓愤怒了。他们把李善邦按在地上拳打脚踢，他们说要打死他，要杀了他。他们质问他，为什么没有预测出地震，地震发生的时候他干什么去了，他们的亲人遭遇灾难的时候他在哪儿……据说，李善邦跪着一动不动，一句话也不说。他不是神仙，他只不过是一个做科技工作的凡人而已。他和常人一样，面对战乱会恐惧，面对灾难会心痛，面对疾病会脆弱，面对误解会无奈。他也很想告诉大家什么时候会发生地震，可他没有办到。为了能多少告诉大家一点关于地震的事情，他耗尽了自己一生的心血。他把历史上记载的地震烈度和震级联系起来，总结成公式，此工作获得1982年国家自然科学三等奖。他将50年的地震工作经验总结为《中国地震》一书，全面论述了中国地震并兼及全球的地震资料。

傅承义　地球物理学家。福建闽侯人。1933年毕业于清华大学物理系。1941年获加拿大麦吉尔大学物理学硕士学位。1944年获美国加利福尼亚理工大学地球物理学博士学位。

新中国成立后，傅承义历任中国科学院地球物理研究所研究员、副所长、名誉所长，中科院地学部委员，中国地球物理学会副理事长、名誉理事长，中国地震学会副理事长。是第三届全国人大代表，第五、六届全国政协委员。长期从事物理和地球物理的研究工作，是中国地球物理科学的主要奠基人之一。先后在北京地质学院、北京大学、中国科技大学负责建立了有关地球物理学教研室，并任中国科技大学地球及空间科学系主任。为推进中国地震学与地球物理学的研究起了重要作用。

刘恢先　中国科学院院士，地震工程学家和结构力学专家。江西萍乡人。1933年毕业于交通大学唐山工程学院（今西南交通大学）。1937年获美国康奈尔大学博士学位。1938年回国后相继担任湘桂、叙昆、黔桂、平汉铁路工程师以及浙江大学、西南联合大学教授。1947年再度赴美，任美国纽约工程设计公司副工程师、伦赛纳依尔理工学院副教授。1951年归国后任清华大学教授。1954年创建我国第一个地震工程研究机构——中国地震局工程力学研究所，任所长30年、名誉所长8年。他是中国地震工程学的奠基人。在地震力理论、地震烈度、震害经验、抗震设计规范等方面做出了开创性贡献，主持编写了我国第一本《建筑抗震设计规范草案》和唐山地震历史性文献《唐山大地震震害》。曾任全国人大代表、全国政协委员、黑龙江省人大常委会副主任、黑龙江省政协副主席。

陈颙　现任中国地震学会理事长。1942年12月生于江苏宿迁。1965年于中国科技大学地球物理系毕业后，一直从事地震学和实验岩石物理学研究工作。1966—1973年在邢台地震现场进行地震观测和震源物理理论研究。1974年以后，开展高温高压下岩石物性实验研究。90年代，进行全球地震灾害预测研究。近年从事人工源（气枪）地震学和岩石物理学研究。陈颙先后担任国家地震局地球物理所所长、国家地震局副局长等职。1993年当选中国科学院院士。1998年获得何梁何利科技进步奖。2000年当选第三世界科学院院士。

发扬邢台地震现场工作优良传统，开创地震工作新局面

陈颙 ⑧·十·八

国家地震区副局长陈颙题词

"大力突破地震预报关，告慰总理在天之

灵。"这是原国家地震局副局长朱凤熙1987年重回邢台隆尧所题写的留言。

这也许是当年所有来到邢台大地震现场进行过科学研究和实践的专家们的共同心声，是周总理的教导让他们在实践中增长了才干，丰富了知识，积累了经验，为以后在自己专业领域里的突破与创新打下了坚实的基础，使他们成名成家。

曾在中国地震局地球物理研究所工作、并任过北京地震台台长的李志永，曾这样总结邢台大地震所开创的中国地震史上的"六个第一"：第一次在大震前向震感地区派先遣队，第一次有多位地震专家亲临邢台地震现场，第一次建立小台网观测地震，第一次获得强余震的成功预报，第一次提出"地震就是命令"的口号，第一次开展较大规模的地震科普知识的宣传工作。

据中国地震局监测预报司副司长阴朝民介绍，我国的地震预报，是1966年邢台大地震之后，在周恩来总理亲切关怀和直接领导下，以邢台地震现场为发源地，在全国范围内逐步发展起来的。科学家们发现，地震活动在时间上往往具有高潮和低潮交替的特征。1966年邢台地震揭开了20世纪我国第四个地震活动高潮。此高潮从邢台地震开始，到1976年唐山7.8级和松潘7.2级地震结束，整整持续了10年。10年间，我国大陆地区共发生了14次7级以上的地震，其中12次发生在华北北部和西南的川滇地区。强烈地震造成了严重的灾害，但同时也为地震预报的科学发展提供了前所未有的有利条件。由政府直接组织，我国在广大地震区内，建立地震台站，发展监测系统，开展分析研究，进行预报实践。

《当代中国的地震事业》（当代中国出版社1993年出版）在记载"中国地震大事记"中"一九六六年"里，共有14条记录，而有关"邢台地震"的，就有10条：

　　二月　中国科学院决定在原地球物理研究所的基础上，分别成立应用地球物理研究所（陕西）、大气物理研究所、地球物理研究所、昆明地球物理分所。

三月六日　河北省宁晋发生5.2级地震。中国科学院地球物理研究所立即组成以李凤杰为队长的地震考察队一行12人奔赴灾区。

三月七日　在耿庄桥架起临时地震台。

三月九日　周恩来总理到邢台地震灾区视察，在隆尧县作了抗震救灾工作的指示。

三月十日　周恩来总理在极震区隆尧县白家寨群众大会上讲话，发出"奋发图强、自力更生、发展生产、重建家园"的号召。同日，周恩来总理视察地震工作，指出："这次地震，代价极大，必须找出规律，总结出经验。"当日，以曾山为首的中央慰问团代表毛泽东主席、中共中央和国务院到灾区慰问。

三月二十二日　邢台地区宁晋东南再度发生强震，震级7.2级，震中烈度10度。两次地震共造成8064人死亡、38451人受伤，损坏房屋508万间。

三月二十三日　周恩来总理等在国务院会议厅接见地震工作部门有关人员，指出地震工作"要为保卫大城市、大水库、电力枢纽、铁路干线做出贡献"。

三月二十六日　李先念副总理到邢台地震现场视察和慰问，并在万人群众大会上讲话。

四月一日　周恩来总理视察邢台灾区，在宁晋县耿庄桥召开群众大会，发表讲话，会后到地震考察队看望地震工作者。

北京有线传输地震台网建成并开始工作。根据周恩来总理三月二十三日的指示，从二十三日至三十日，一周内突击建成了北京地区有线传输地震台网，8个台站通过邮电线路把地震信号传到北京集中记录。

四月七日　周恩来总理在国务院召开的会议上指出：对地震工作要狠抓，抓到底，要孜孜不懈，才能抓到规律。

四月二十九日 周恩来总理视察邯郸、岳城水库等地，对地震工作指示：科学人员要抓牢邢台地震不放，注意工厂、铁路和水库。

五月十五至十八日 邢台地震科学讨论会在北京召开。

五月十八日 周恩来总理接见会议代表时发表重要讲话，聂荣臻副总理、郭沫若院长、李四光部长到会讲话。

五月三十日 中国科学院卫一清副秘书长主持召开地球物理局第一次工作会议，决定中国科学院所属地球物理研究所、昆明地球物理研究所、兰州地球物理研究所、地质研究所、工程力学研究所划归地球物理局，承担地震工作。十月，张魁三调入地球物理局任负责人。

中国的地震事业，从邢台大地震开始步入快车道。邢台大地震，促使了1971年8月"中国地震局"的成立。

如今，遍布全国各地的地震观测网，就是当年周总理制定的战略方针结出的丰硕成果。

在邢台地震灾区，群防群测，在国内各大地震考察队和专家的指导下，从自发自制的简易振动装置起步，逐步形成在当地领导、专业指导下的群众业余性的地震宏观、微观测报网络。

在宁晋县，全县41个公社、374个大队，都设有宏观测报点，利用动物、水井、土报警、土重力等方法进行观测。在隆尧县，全县共建立水井、重锤倾斜和动物观察点21个，观察水井24个，测报人员350人，有基干民兵、生产队饲养员、公社电话员、炊事员、教师、下乡知青、中小学生和机关干部等，形成了一个以马栏一号井为中心的井水观测网。

"马栏一号井"，就是前文所述的邢台大地震发生前，在隆尧县白家寨公社马栏村中那口反应奇特的村人俗称"三官庙井"的水井。当时，是时为村民兵副连长的袁桂锁发现的。此后，四十多年来，袁桂锁一直守护着这口井，直到去世。多年来，他积累了三万多个数据

科技人员在地震现场安装仪器

马栏地震观测站工作人员观测1号井水变化

马栏观测井

和两千多起井水物理现象的异常记录。

1967年3月,著名地质学家、地质部长李四光来到马栏村三官庙古井现场考察,他得出的结论是:地壳的运动必然导致地下水位的变化;"马栏一号井"恰好处于两个断裂带的交汇处,所以对地震非常敏感;虽然不深(7米),但它在水平方向沿构造带有远距离的水力联系,与深部地下水也有同样的联系。

这口井成了中国地下水观测地震的"鼻祖",袁桂锁成为中国著名的地震"土专家"。

1970年2月,袁桂锁作为专家代表,到北京参加了第一次全国地震工作会议,并受到了周总理的亲切接见。他的论文《地下水与地震》,在全国地震界引起反响,并得到外国专家的称赞。袁桂锁成了名人，先后有美国、日本、朝鲜、南斯拉夫、越南、伊朗等国家的专家到马栏村参观古井，向袁桂锁取经。

1984年，袁桂锁被转为正式国家干部，任隆尧县地震办公室工程师。

随后，为了更好地观测这口古井，袁桂锁在古井旁盖了房子，把家搬了过来。

村里的地震科研小组曾一度红火过。除了每天观测水井变化，还要观测电磁波、地应力、水电导等多种仪器，动物的各种异常也在他们收集的情报范围中。但后来由于知青返城，组员参军、出嫁，人员变动很大，县里每月给的5元补助也不再有吸引力。到1985年，已经是国家干部的袁桂锁只好和老伴、儿子、儿媳、女儿自发成立了家庭地震测报组。

袁桂锁的儿子、现今在畜牧局工作的袁英军告诉我："我父亲在世时，经常给我讲述见到周总理的情景。总理来白家寨的时候，我父亲负责打小旗，给飞机引导信号。几年后去北京，周总理还问我父亲白家寨的情况，我父亲还代表灾区人民向总理问好。一说起总理来，父亲就落泪。"

袁英军告诉我，后来他父亲就把房子建在了井边上，每天早8点，他都要测量水位并记录到本子上。"就是因为这眼井，才有了中国第一代地下水观测井网的全面建立。2007年，我父亲不幸出了车祸以后，我就主动将这项任务承担下来，每周把测量的数据报到县地震局。"袁英军说，"四川汶川大地震前3天，据他观测，马栏一号井里的水位，突然比前几天暴跌了半米左右。"

1986年3月8日，邢台大地震二十周年纪念日，河北省地震局、邢台地震局、隆尧县地震局在"马栏一号井"旁设立了石碑，碑上铭文曰：

　　　　此井是我国最早的地下水观测井。它位于一九六六年三月
　　八日邢台大地震的极震区。震前三日，井水暴升，井内似大鱼

游腾，冒泡翻花不止，哗哗不绝于耳，百米外可闻。临震，井水外溢，硫磺气味甚浓。震时井喷水柱高四米，持续六小时，涌出泥沙三百余方，一条裂缝从井底穿过，井洞受挤压变形。震后，水质由苦变甜。马栏地震组根据本井之奇观，对井水进行观测，凭此井成功预报过近区一些强余震引起科学界关注。自此，利用地下水预报地震即成为地震学界的重要手段，特立碑永志。

袁桂锁曾经说："如果没有周总理那样关心地震事业，如果不是国家提供这些机会，我不可能从一个普通的农民成长为一名高级工程师。"

是啊，在周总理"努力突破科学难题，向地球开战"的号召下，国家确立了一套带有自力更生意味的中国地震工作方针。其具体内容是："地震工作要坚持'在党的一元化领导下，以预防为主，专群结合，土洋结合，大打人民战争'的方针，把地震管理部门建立和健全起来。切实抓好地震专业队伍和群测群防运动，加强防震抗震工作。"

"马栏一号井"和袁桂锁，只是全国大地上铺开的中国地震事业中"群测群防"的花丛中一朵鲜艳的奇葩。

"地震宁可千日没有，不可一日不防。"地震的危害之大、摧毁能力之强，给人类留下了惨痛回忆。但在地震面前，特别是在邢台大地震发生后，在周总理的直接关怀和领导下，中国开始了专家与群众、科学仪器设备与民间"土办法"相结合的全方位大规模的"群防群测"对策。因此，邢台地震是我国防震减灾事业发展史上的一个重要里程碑，它为我国开展大规模震后应急救援积累了宝贵经验，为确立防震减灾三大体系建设奠定了基础，为大规模开展地震预报实践拉开了序幕，使我国地震工作队伍的建设和发展加快了步伐。

邢台市地震局负责人感慨地说："我国作为地震多发国家，特别是新中国成立后在我们邢台发生第一次大地震之后，在周总理的直接部署下，党和政府一直都高度重视防震减灾工作，主要从三个方面着手：一是建立地震监测预报体系，包括地震情况监测和速报前兆信息的捕捉、地震预测预报、群众性地震动物异常观测、建立重点地区防震减灾系统工程等；二是建立地震灾害预防体系，包括城市建筑物的地震安全性评价和抗震设防、地震灾害预测和评估、地下活动断层探测和危险性评价、抗震能力较弱建筑物的加固、农村民居的抗震设防等；三是建立地震紧急救援体系，包括破坏性地震预案及相关预案的制定、生命线应急保障队伍的组建完善及演练、地震应急避难场所和救灾指挥中心的建设、地震应急专项资金、救济物资、药品储备等等。"

在未来的日子里，面对形形色色包括地震在内的所有自然灾害，人类多么期望能够越来越具备强大而有效的抵御和抗击能力啊！

第八章　把生产搞好了，家园就会建设得更好

　　"把生产搞好了，家园就会建设得更好。"是周总理对邢台人民的叮咛和嘱咐，也是我们国家发展壮大和人民过上幸福生活所必须遵循的道路。只是，随着时代的发展，提法不同，口号不一样了，无论是20世纪70年代的"抓革命、促生产，工业学大庆，农业学大寨"，80年代的"解放思想、改革开放、搞活经济"，90年代的"发展是硬道理"，还是如今的"全面建设小康社会"、"创新、协调、绿色、开放、共享"等，其实都和周总理五十年前视察和慰问邢台地震灾区时面对人民群众讲过的这句话一脉相承，要是变成口语，就是："好好干活儿，把家乡建设好，大家就能过上好日子。"

　　时间如白驹过隙，转眼五十年过去了。曾经是邢台大地震的重灾区，特别是周总理当年所亲临视察的地方：隆尧县城和白家寨村、宁晋县东汪村和耿庄桥村、巨鹿县何寨村，如今都发生了翻天覆地的巨变。在这里，至今仍在光大着周总理的精神，彰显着按周总理嘱托建设自己美好家园的丰硕成果，并且，在广大人民心中，根深蒂固地凝结成了一种意志和决心：把生产搞上去，让日子好起来……

　　在隆尧县委大院里，周总理当年夜晚在这里办公的二层楼震裂后，在原址上又盖起了办公楼，一直是隆尧县委和政府机关所在地，与周边近几年崛起的高楼大厦极不相称。据说，这栋老楼已经快四十年了。

　　隆冬时节的一个上午，天寒地冻，北风萧瑟，我站在狭小且停满车辆的县委大院里，有点恍然，也感到了苍凉，裹紧鸭绒袄问陪同的县委宣传部的干部说："这……恐怕是全市最差的县委办公楼了吧？"干部对着我笑，不知道怎么回答我，嗫嚅道："反正一直就这样，一直没盖新的……"我曾在这个县的邻县临城县挂职5年的副县长，那个县的县委和县政府大院，就是70年代建设的，至今还在使用，我当时没来过这个县，以为那是最落后的县级办公机关，但现在到隆尧县委大院一看，比我工作过的县委大院都陈旧。总之，这是我见过的最"落伍"的县委办公楼。

　　与县委书记李国印座谈时，我咂着嘴说："咳，这办公楼，也太老了吧！"李书记笑笑说："这不正符合八项规定的要求吗？不用整改了。"我不屑道："这两码事吧，那也不能都搬到帐篷里办公吧？"李书记认真地说："周总理当年在这里办公，那楼比这还破，而且都震裂了，不照样工作？还有，总理在白家寨开会讲话，迎着风站在一个木头箱子上，现在呢，有的一开大会就铺红地毯，比比总理看看咱，已经优越得太多太多了……"

　　谈起县里的发展，李国印书记显得很兴奋："今年3月份，是隆尧地震五十周年，我们要利用这个契机，组织开展一系列纪念活动，重温总理在我们这里视察和慰问时所留下的亲民形象和伟人风范，弘扬邢台抗震精神，调动广大干部群众以'三言三实'为行为准则，干事创业为民，实现全面小康社会的奋斗目标。"

　　说到"把生产搞好，家园建设好"的具体措施，李书记滔滔不绝："一是县强。经济保持平稳较快增长，经济发展方式转型取得重大进展，三次产业结构更加合理。全县地区生产总值年均增长11%以上，达到160亿元；公共财政预算收入年均增长8.9%，达到5亿元以上，招商引资和项目建设实现新突破。园区建设升级进位，基本达到经济强县的规模和实力。二是民富。新型城镇化迈出新步伐，中心城市和城乡建设水平大幅提升，具备条件的农村基本建成美丽乡村。人民群众生活质量、健康水平、居住环境明显提升。到2020年，常住人口城镇化率达到60%以上，户籍人口城镇化率达到45%以上。城乡居民收入稳步增长，城镇居民人均可支配收入和农村居民人均可支配收入年均增长6%以上，分别达到27000元和13000元以上。三是环境美。单位生产总值能源消耗和主要污染物排放量大幅下降，空气和水环境质量总体改善，土壤环境恶化趋势得到遏制，生态系统稳定性增强，环境风险得到有效管控，生态文明制度体系完整，固体废物综合利用率、生活垃圾无害化处理率和污水集中处理率进一步提高，森林覆盖率达到16%以上，到2020年大气环境质量达标率达到95%以上，生态文明水平与全面小康社会相适应。同时，把文化旅游的开发作为我县对外开放的窗口和解放思想的桥梁，加大旅游资源开发和整合力度，实现我县历史文化与现代休闲旅游业的有机结合，积极引进战略投资

隆尧县的民间乡艺表演

者，高起点、高标准搞好尧山、唐祖陵、柏人城址、任敖墓、地震纪念碑等旅游景区的规划建设，加强旅游网络建设，加快与邢台、临城、内丘、柏乡等周边县市景区、景点的对接，逐步融入河北特色文化旅游经济圈。此外，我们还要加强历史文化遗产保护和开发，加强唐尧文化体系建设，丰富唐尧文化内涵，充分挖掘尧山文化、李氏文化、后周文化、滏阳文化、民俗文化、农耕文化等历史文化资源，搞好隆尧秧歌戏、隆尧招子鼓与泽畔抬阁等非物质文化遗产的传承与发展，充分利用国家政策，加强尧山山体地貌和尧山城址、魏庄镇唐祖陵遗址、双碑乡柏人城遗址、隆尧碑林、任敖墓和尧帝庙、隆圣寺、书房楼等历史遗迹的保护与开发。鼓励文化与产业相结合，打造具有隆尧特色的文化品牌，实现文化遗产的传承与保护，将唐尧文化融入燕赵文化和邢襄文化的有机整体……"

隆尧县处于环首都经济圈和中原经济区的交汇地带，产业基础相对扎实，有隆尧经济开发区和滏阳经济开发区（东方食品城）两个省级经济开发区，发展潜力较大，其中东方食品城建立于2003年，位于隆尧县东南边界，隆尧、巨鹿、任县三县交界之地。2011年5月经省政府批准为省级工业聚集区，规划面积20平方公里，是一座以龙头企业为依托，以食品加工为主导的新型工业园区。建成区面积7.06平方公里，人口5万多人，现有食品加工企业及相关企业80余家，主要产品以方便面、饮品为主，兼有面粉、挂面、卤蛋、休闲食品及包材等，已形成较为完整的食品产业链，是世界上最大的方便面生产基地，中国知名的食品包装材料生产基地，被农业部命名为"全国农产品加工示范基地""首批国家农业产业化示范基地"，被省政府确定为"首批省级工业聚集区""新型工业化产业示范基地"和"省级经济开发区"。东方食品城内由全国知名企业今麦郎公司总部，依靠独特的食品产业优势和强大的招商吸引力，先后吸引来日本日清株式会社、台湾统一集团、杭州南大集团、广东嘉士利公司、北京保吉安集团等20余家国内外知名企业投资落户。拥有"华龙""今麦郎""嘉士利"中国驰名商标3件、"甲家面粉""嘉士利"饼干中国名牌产品2个、河北省著名商标11件、河北名牌产品5个。是邢台大地震后处于重灾区迅速崛起的全国著名民营企业集团,这里已经演变成一个小型城市,当地人俗称"华龙城"。

在白家寨村里行走时,尽管由村干部一直领着我在找当年周总理下飞机的地方,但我还是看不出一点点的痕迹。当年的打麦场,已经围了起来,竖起了纪念周总理来这里视察和慰问的纪念石碑,设立了省级爱国主义教育基地,周围都是民居。村里的许多老人,都见过周总理,至今有的家庭里,都挂着周总理的画像。村里的房子,大部分都是震后建设起来的,按当年的统一规划一排排的,很整齐,像70年代时兴的厂房。我问:"现在都盖楼了,你们这儿怎么都还是平房?"村民回答说:"这房子当时盖得结实啊,那时烧的砖,好啊,舍不得拆啊!"也许,他们是不愿意抹去那段在周总理的关怀下,迅速恢复生产,重建家园所留下的记忆吧。问起目前的生活状况,村民连声道:"好,好,年轻人都出去打工了,能挣钱。我们在家里,搞养殖,养猪,养鸡,养鹅,挣钱,过得好……"

有了周总理,人民就有了主心骨,再大的灾难都不怕,而周总理,更相信人民的创造精神。周总理说过:"中国是古老的民族,也是勇敢的民族。中华民族有两大优点:勇敢,勤劳。这样的民族多么可爱,我们爱我们民族(当然其他民族也有他们可爱之处,我们绝不忽视这一点),这是我们自信心的泉源。"他还说过:"我们应该把整个身心放在共产主义事业上,以人民的疾苦为忧,以世界的前途为念。"

正因为周总理爱人民,处处为人民打算和着想,他才赢得了全国人民的爱戴甚至全世界人民的敬仰。

1976年1月9日凌晨5点,全世界都收到新华社发出的讣告:中华人民共和国国务院总理、中国人民政治协商会议全国委员会主席周恩来,于1976年1月8日9时57分在北京逝世,终年78岁。全世界都被震惊了,人类的活动一时间似乎陷入停顿。各种各样的人群都需要过一段时间,才能品味出这条信息宣告的严峻的事实所包含的全部意义。

当寒风中传出广播员沉痛的声音，北京和全中国立即陷入了无边的悲痛的海洋。泪水似乎把九百六十万平方公里的国土漂浮起来。全世界各个角落的通讯手段都忙碌地传递着这个消息。几乎所有国家中所有重要人物，都对他的逝世发表了声明或谈话，许多国家下半旗志哀，联合国旗也降半旗。这在这个世界组织中是极其罕见的事情。无数唁电飞向北京，各国报纸以显著位置刊载了这惊人的噩耗，甚至套上了黑框，无数普通的群众拥向当地中国使馆和驻地机关，表示自己的哀悼。一家外国报纸宣告："全世界都哀悼他的去世，因为他是一个罕有的受人爱戴的人。"

为什么一个人的逝世震动了全世界人们的心？为什么他能赢得世界大多数人的尊敬？

周恩来1898年3月5日出生于江苏省淮安县，籍贯浙江绍兴，字翔宇，曾用名伍豪等，无产阶级革命家、政治家、军事家、外交家。中国共产党、中华人民共和国和中国人民解放军的主要缔造者和领导人之一。早年留学日本、法国、德国、英国等地，为旅法共产主义小组骨干。第一次国共内战期间，担任中共苏区中央局书记、中国工农红军总政委兼第一方面军政委、中央革命军事委员会副主席。抗日战争期间，率中共中央代表团长驻国民政府所在地从事民族统一战线工作。第二次国共内战期间，担任解放军代总参谋长，并代表中共进行北平和谈。中华人民共和国成立后，周恩来先后任政务院和国务院总理兼任外交部部长、全国政协主席、中共中央政治局常委等直至1976年1月9日逝世。

周恩来以他高超的智慧闻名世界。在中国共产党历史上，几乎每一次危难和历史转折，都离不开周恩来。大革命失败后，他领导发动举世闻名的八一南昌起义，打响了武装反抗国民党反动派的第一枪，党领导的人民军队从此诞生。党的六大以后，他作为实际主持党中央工作的领导人，在极端险恶的条件下机智勇敢地保卫党的中央机关。红军长征途中遵义会议上，他旗帜鲜明地支持毛泽东同志的正确主张，遵义会议在危难中挽救了红军、挽救了党。西安事变爆发后，他前往西安，推动西安事变和平解决，促成了国共合作、团结抗日的新局面。抗日战争中，他代表我们党长期坚持在国民党统治区工作，同国民党顽固派进行了有勇有谋的斗争。抗日战争胜利后，他陪同毛泽东同志赴重庆与国民党进行和平谈判。解放战争时期，他协助毛泽东同志运筹帷幄。新中国成立后，他组织领导"两弹一星"大规模科技攻坚取得重大突破，极大提升了我国的综合国力和国际地位。他首倡和平共处五项原则，使我们的朋友遍天下。在"文化大革命"极端复杂的特殊环境下他忍辱负重，作出了常人难以想象的努力，全力维护党和国家正常工作的运转，保护了一大批党的领导骨干。

周恩来担任共和国政府总理长达二十六年。他既是国家建设总体蓝图的重要设计者，又是将它付诸实施的卓越组织者和管理者。他日理万机，经济、外交、国防、统战、科技、文化、教育、新闻、卫生、体育等各行各业的发展，各个方面的建设，无不浸透着他的心血。在他的晚年，保护了一大批老干部，为后来的改革开放做了人才准备。他的"求同存异""和平共处五项原则"等主张至今作为国际关系的基础。

周总理对党的事业、对社会主义中国的光明前途、对振兴中华民族的伟大事业，始终充满必胜的信心，无论遇到什么样的艰难困苦，从不动摇。周总理热爱人民甘当人民公仆。一块"为人民服务"徽章戴在胸前直到生命的最后一刻。他心系人民，急群众之所急，忧群众之所忧。群众安危冷暖，他总是关怀备至、体贴入微。周总理顾全大局、光明磊落，高度珍视和自觉维护党的团结统一。不利于党的团结的话绝对不说，不利于党的团结的事坚决不做。讲党性，不徇私情，讲原则，不讲关系，把个人荣辱置于身外，把党和人民的利益放在高于一切的位置。周总理实事求是、严谨细致，求真务实。既有超人的大智大勇，处变不惊，又能够极为周密和细致地考虑和处理问题。反复倡导要"讲真话，鼓真劲，做实事，收实效"，干劲要大，步子要稳，既要有雄心壮志，又要循序渐进。周总理虚怀若谷、戒骄戒躁。他为自己立下的座右铭是"活到老，学到老，改造到老"。他善于倾听不同意见，发现别人的长处。他平易近人、平等待人，真诚同各界人士广泛交往。以其谦虚谨慎、广纳善策、平易近人的风范，赢得了党内外由衷的信赖和爱戴。周总理严于律己、艰苦朴素，只求奉献、不思回报。他对自己的工作，总是经常进行自我总结、自我完善。他身居高位，但从不搞特殊化，他睡的是普通木板床，他的衣服补了又补。从来没有利用自己的权力为自己或亲朋好友谋过半点私利。他身后没有留下任何个人财产，他和邓颖超同志一生中的全部工资积蓄都交了党费，他的骨灰撒在祖国的江河大地上。他逝世后，受到全国人民的深切怀念，得到国家历届领导人的高度评价和国际政要的钦佩。

联合国前秘书长哈马舍尔德，于1955年在北京会见过周总理后说过一句广为流传的话："与周恩来相比，我们简直就是野蛮人。"印度尼西亚前总统苏加诺说："毛主席真幸运，有周恩来这样一位总理，我要是有周恩来这样一位总理就好了。"新中国成立前，斯大林和米高扬也说过："你们在筹建政府方面不会有麻烦，因为你们有现成的一位总理，周恩来。你们到哪里去找这样好的总理呢？"苏联总理柯西金对毛主席说："像周恩来这样的同志是无法战胜的，他是全世界最大的政治家。"他还在会见日本创价协会会长池田大作时说："请你转告周总理，周总理是绝顶聪明的人，只要他在世一天，我们是不会进攻的，也不可能进攻的。"英国前外交大臣艾登对美国记者说："你们早晚会知道，周恩来可不是平凡的人。"印度印中友协会长说："世界上的领导人，能多一些像周总理的，世界和平就有希望了，在国内也同样，要是能多几个像周总理这样的领袖和中国共产党党员，国家就会很好了。"肯尼迪夫人杰奎琳说："全世界我只崇拜一个人，那就是周恩来。"西哈努克夫人莫尼克公主也说过："周恩来是我唯一的偶像！"

周总理逝世后，联合国降半旗（不是联合国旗降半，而是所有联合国会员国国旗全降半旗）致哀。自1945年联合国成立以来，世界上有许多国家的元首先后去世，联合国还没有为谁下过半旗。一些国家感到不平了，他们的外交官聚集在联合国大门前的广场上，言辞激愤地向联合国总部发出质问："我们的国家元首去世，联合国旗升得那么高，中国的总理去世，为什么要为他下半旗呢？"当时的联合国秘书长瓦尔德海姆站出来，在联合国大厦门前的台阶上发表了一次极短的演讲，总共不过一分钟。他说："为了悼念周恩来，联合国下半旗，这是我决定的，原因有二：一是，中国是一个文明古国，她的金银财宝多得不计其数，她使用的人民币多得我们数不过来。可是她的周总理没有一分钱存款！二是，中国有十亿人口占世界人口的四分之一，可是她的周总理没有一个孩子。你们任何国家的元首，如果能做到其中一条，在他逝世之日，总部将照样为他降半旗。"说完，他转身就走，广场上外交官们都哑口无言，随后响起雷鸣般的掌声。

周总理一生兢兢业业，为人民服务一生，鞠躬尽瘁。

周总理逝世后，数以百万计的人民群众冒着摄氏零下十几度的严寒自发地来送总理远行，并逐渐发展到清明节，数不尽的人民群众自发地聚集于天安门广场，在人民英雄纪念碑前献花篮、送花圈、贴传单、作诗词，数不尽的花圈、数不尽的挽联、数不尽的诗章，人们争相传诵、传抄，悼念周恩来，称为"天安门诗歌"。

同是4月份，五十年前，周总理来到邢台大地震的重灾区宁晋县。在周总理的号召和鼓舞下，这里已发展成为邢台地区人口最多经济实力最强的大县，人口78万，城区人口16万，截至2014年，全县生产总值完成179.8亿元，财政收入11.6亿元，公共财政预算收入6亿元。先后获得中国民营经济最具潜力县、中国特色产业发展百强县、中国电线电缆之乡、中国休闲服装名城等称号。

如今，宁晋县已发展成在全省或者全国的"六大优势"。一是"光伏名城"。年产单晶硅棒7000吨、硅片6亿片、太阳能电池产能3500兆瓦、电池组件2000兆瓦。单晶硅产量排世界首位，晶体硅太阳能电池出货量位居世界前列。晶龙集团位居世界新能源企业500强第13位、中国首位。晶龙企业技术中心是国家级企业技术中心。以晶龙集团为核心，形成了12.59平方公里的省级开发区——宁晋经济开发区，园区发展定位为光伏、生物制药、高端装备制造业基地，拥有重点企业56家，高新技术企业8家，三资企业9家。2014年，园区主营业务收入139亿元，财政收入3.9亿元。预计2015年主营业务收入150亿以上，财政收入4亿元以上。二是"电缆之乡"。是华北地区最大的电线电缆产业集群，2014年营业收入235.76亿元，产量占全省电缆产业的三分之一以上，占全国的十分之一左右。有生产企业450多家，规模企业79家，从业人员3万余人，主要产品有电力电缆、矿用电缆、特种电缆等五大系列上千个品种，年生产能力300万公里。除电线电缆外，还有纺织服装、机械制造两个传统产业。纺织服装，2014年营业收入181.8亿元，已形成集纺织、印染、水洗、服装加工于一体的完整产业链，主要产品包括休闲、牛仔、童装等6大系列、500多个品种。年生产服装2.4亿件以上，纺纱能力40万锭，占全省纺纱能力的20%以上，有生产企业210家，规模企业29家，龙头企业为宁纺集团和童泰公司。机械制造，2014年营业收入72.2亿元，有生产企业285家，规模企业22家，形成了以农业机械、水工机械、液压机械和汽车配件为主的产业集群，大陆村农机市场年交易额20亿元，是"全国十大农机市场"之一。三是"商贸之都"。宁晋在外经商人员达20万，几乎遍布全国地级以上城市，形成了颇具规模的"宁商队伍"和"敢为人先、稳健务实、智慧精明、创新包容、尚德诚信"的"宁商文化"。2013年9月成立了全省首家县级商会——宁晋总商会，并相继设立了北京、天津、上海、浙江等十几家宁商分会。浓厚的经商氛围、优越的经商环境，先后吸引了美、德等10多个国家和地区的客商在宁投资，注册登记外资企业40家，具有进出口权的企业102家，拥有各类商标3377件，数量居全省县级第三。四是"盐化工基地"。在县城东北部400多平方公里内，分布着约千亿吨盐矿资源，具有储量大、品位高的特点。依托千亿吨岩盐资源，规划建设了20.7平方公里的盐化工园区，2011年被省政府批准为省级开发区，2012年被省政府批准为省级循环经济示范园区。目前，已引进企业36家，建设项目52个，已开工企业有24家，其中竣工企业6家。明确了建设"国家级循环经济示范园区"的目标，力争到2020年，主营业务收入达到600亿元。同时，生物制药产业也呈现出强劲的发展势头，2014年营业收入20.56亿元，以生产葡萄糖、VB12、土霉素、硫酸链霉素为主，龙头企业为玉锋集团和健民公司。VB12产量30吨，土霉素产量1万吨，均居世界第一。硫酸链霉素1千吨，居国内第一。五是号称"工笔画名县"。宁晋书画名人辈出，明代状元曹鼐擅画山水、竹石，清代与郑板桥齐名的书画大家董文灿以画兰闻名，时有"南竹北兰"之誉。近代，"西安画派"创始人之一宁晋人田登武是齐白石入室弟子，荣宝斋曾为其出版《田登武画集》。近年来，宁晋工笔画誉满海内外，被列为全国最具活力的文化产业项目、河北省"十二五"重大文化产业项目之一。全县从事工笔画创作、临摹、拓稿、装裱、营销人员近4000人，形成了30多个工笔画特色村，年创作品超10万件，产值达2.1亿元，全县仅此一项人均增收200余元。作品种类主要有传统仕女、现代人物、写实人物、花鸟、佛像、刀马人等，作品主要销往北京、天津、山东、新疆及日本、韩国等地。特别是在北京潘家园、琉璃厂两大市场，宁晋作者的作品占工笔画销售总量的80%以上。六是号称"现代农业大县"。玉米、小麦年产量81万吨，是全省产粮第一大县。形成了畜牧、食用菌、粮食深加工三条龙型经济和优质梨特色产业，全县奶牛存栏5万头，牛奶年产量17万吨，标准化奶牛养殖小区41个，是全国牛奶生产50强县；食用菌种植户2.5万户，年产量6万吨，主要加工企业是河北国宾食品有限公司，产品有罐头、冻干、调味等180多个品种，是华北地区最大的食用菌加工基地；优质梨种植面积20万亩，年产量30万吨，"宁晋鸭梨"是国家地理标志产品。为加快现代农业发展，建成了两个农业园区：宁晋（台湾）现代农业科技产业园，规划占地2.5万亩，发展有机农业、创意农业、循环农业，实施总投资20亿元的园艺园林、休闲农牧场、食用菌科研基地等12个重点项目。宁晋九河生态农业示范园，规划占地2万亩，融农技推广、粮食加工、生态观光于一体，推进总投资36亿元的玉米深加工、特色林果、现代种养基地等26个项目。

今天，邢台地震灾区建设取得了辉煌成绩，人民过上了幸福生活。抚今追昔，人们忘不了周总理当年的关怀，每到地震周年纪念日，人们都深切缅怀周总理，铭记周总理对灾区的重托。

在隆尧县城东侧，隆尧县委、县政府于邢台大地震20周年之际，建成一座高大雄伟的"邢台地震纪念碑"。碑高19.66米，标志着邢台大地震发生于1966年，纪念碑平台正面台阶分两级，第一级三阶，第二级八阶，标志着时间是3月8日。纪念碑场地占地16.8亩，南北长160米，东西宽70米，总建筑面积达1120平方米。纪念碑正面刻有国家主席李先念题名的"邢台地震纪念碑"七个鎏金大字，背面刻有周恩来总理提出的"自力更生、奋发图强、发展生产、重建家园"16字救灾方针。碑座正面刻有碑文，两侧及背面刻有三幅汉白玉线雕，分别为"蒙难""救援""重建"。地震纪念碑后方，坐落着一座现代建筑样式的"地震资料陈列馆"，建筑面积440平方米，是新中国成立以来

兴建的第一个特色鲜明、影响中外的地震资料陈列馆。建筑形式为五块对接结构，分中大厅、东西侧厅和东西耳厅。"邢台地震资料陈列馆"九个鎏金大字，为原副总理兼国家科委主任方毅所题。中大厅中央矗立着周恩来总理在白家寨慰问灾民大会上讲话时的全身青铜塑像，高达2.06米。大厅东侧为当年地震灾区群众自发传诵的著名作曲家李劫夫谱曲的《天大地大不如党的恩情大》歌曲，大厅西侧是著名画家周思聪的《人民和总理》国画。大厅顶部环绕着56盏灯，寓意56个民族紧密团结在党的周围，众志成城，坚强不屈，誓要战胜一切困难。在东西侧厅和东耳厅，建有三个展室，展有大型原始照片132幅，附有简要文字说明、图表及相关资料，

邢台抗震四十周年纪念大会会场

主要内容有邢台蒙难、亲切关怀、抗震救灾、重建家园、地震研究和邢襄巨变等六部分。展现了党和人民心连心、一方有难八方支援、震区人民艰苦奋斗、灾区旧貌换新颜等生动画面。

邢台地震纪念碑和地震资料陈列馆，自1987年以来，共接待前来瞻仰、参观学习和考察指导的各界人士、青少年学生近二百万人次。几乎每天都有当地和外地的人们来这里参观。每年3月，都有各级政府组织以及企事业单位等举办纪念邢台地震以及怀念周总理到这里慰问的活动。其中最大的一次纪念活动，是2006年3月22日上午，在这里隆重举行的"邢台抗震40周年纪念大会"。参加的领导有省委书记、省人大常委会主任、省委副书记、省长、省委常委、秘书长、省军区政委、省军区副司令员、全国政协常委、国家地震局局长等。现在，邢台地震纪念碑和地震资料陈列馆是"青少年思想教育基地""国家防震减灾科普教育基地""干部教育培训基地""河北省爱国主义教育基地"。

在周总理视察宁晋下飞机的东汪，广大人民群众牢记周总理的嘱托，自力更生奋发图强。现已形成了以电缆、服装、纺织为主的三大主导行业。有天环电缆、利维服装、众鑫制衣、依仕诺制衣等一批骨干企业，年产值都在1000万元以上。他们积极推进产业结构调整，打造现代农业，围绕"强畜、扩菜、调粮"的思路，大力发展奶牛养殖业，在全镇已建有现代化养牛小区5个，奶牛存栏近5000头，日产无菌厅奶50余吨，年产值近4000万元，顺利推进"万头奶牛养殖基

隆尧县"邢台地震资料陈列馆"前大厅

地项目"建设。已经成为经济快速发展、社会和谐安定、人民安居乐业、逐步迈向现代化的美丽城镇。

当年周总理在群众大会上讲话的现场，如今已经是东汪中学的所在地了。该校已经建为具有标准化公寓楼、餐厅、综合楼、独具特

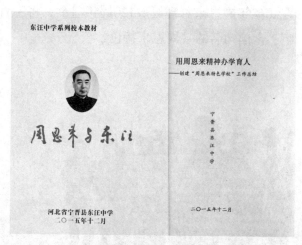

东汪中学编写的教材《周恩来与东汪》

色的美术室、多媒体教室等，让学生感受到艺术气息和现代化教学魅力的高标准的学校。该学校基于与周总理的特殊渊源关系，前不久决定挖掘、传承、弘扬一代伟人周恩来一生学习、生活、工作、做人、做事等方面的宝贵精神财富，塑造独具特色的校园文化，使每位同学都以周总理为楷模，以周恩来精神为标杆，内化于心，外化于行，成人成才。按照这一思路，东汪中学制定了"传承周恩来精神塑造校园文化"实施方案。目前，"周恩来与东汪主题文化墙"、东图广场、以周总理名言警句设计命名的班级名片等3项内容已经建成。下一步，他们将编写《周恩来与东汪》校本教材，以2016年周恩来逝世40周年和周总理到东汪地震灾区慰问50周年为节点，举办座谈会、诗歌朗诵会、书展览、征文比赛、集中播放周总理影视作品、谋划建设周恩来纪念场所等系列活动，将弘扬周恩来精神、塑造校园文化推向深入。

该校校长任丙辰兴奋地对我说："以周总理为文化主题的学校，不仅在宁晋县、在邢台市尚属首创，在河北省内也是开先河之举。我们还设想，在三年时间内，把我们学校建成'宁晋县中小学德育基地''宁晋县青年干部党性教育基地'，挂牌成立'宁晋县周恩来精神研究会'等。为此，我们还制定了一个《东汪中学创建'周恩来特色学校'三年行动规划（2015~2018）》，按照这个规划，我们设想

在2018年周恩来总理诞辰120周年前夕，将宁晋县东汪中学建成全省叫响、全国知名的'周恩来特色学校'……"

东汪中学的周总理文化墙

这些设想让我眼前一亮，我有点激动地问："任校长，你怎么想起要搞这……"

任校长不假思索地说道："五十年前，周总理亲临我们学校慰问受灾群众，我们镇上的老百姓终生难忘，值得永远怀念。我们提出'用周恩来精神办学育人'，就是为纪念周总理，建设周恩来特色学校，铭记他对东汪的鼓舞，缅怀他的丰功伟绩，发扬他忠诚事业、顾全大局、虚怀若谷、求真务实的崇高精神，学习他信念如一、操守如一、言行如一、表里如一的光辉品德，培养有理想、有道德、有文化、有纪律的一代代新人。在敬爱的周恩来总理逝世四十周年、视察邢台大地震暨东汪灾区五十周年之际，在中华民族伟大复兴的光明道路上，在全民族核心价值观重新树立的重要历史时期，挖掘历史文化，传承伟人精神，建设特色校园，振兴乡村教育，是时代对我们的重托，也是我们义不容辞的责任……"

校长的境界之高、思考之深、立意之远让我由衷地感动，我想了想说："这可是要花费大量的时间和精力啊！"

"是啊是啊！"任校长连声道，"好在县有关领导、教育局、东汪镇等领导都给予了大力的支持。我们已经与天津南开中学、江苏淮安周恩来红军中学、北京中关村中学等有关学校及江苏淮安周恩来纪念馆等单位取得了联系，借助中国新闻社、《新京报》等有关媒体或热心人士的支持，正在与周恩来总理的亲属、工作人员和中央文献研究室、周恩来思想理论研究会等进行积极接洽，争取更大的支持……"

浏览着东汪中学整洁、温馨的校园，感受和沐浴着扑面而来的浓郁的周总理主题文化氛围，我的血液似乎加快了流动。是啊，敬爱的周总理，在您的召唤下，如今邢台灾区的人民群众，以您为榜样，正以昂扬精神建设自己幸福和美好的家园。

尾　声

从来不需要想起，永远也不会忘记。

时间如白驹过隙，一晃，整整五十年过去了。如今，震惊中外的邢台大地震所造成的毁灭性伤痕早已经不复存在，邢台震区以崭新的姿态和面貌屹立在冀南大地。

可以告慰周总理的是：原本淳朴、勤劳、智慧、勇敢的邢台人，大地震之后，更懂得感恩，更加厚道，更敢于作为了。

《顺德府志》（邢台自元到清一直称顺德府）曰："民风民俗邢州土厚水甘，人物产于其间者多实少浮，民俗淳厚，人心古朴。质厚少文，气勇尚义。丈夫相聚游戏悲歌慷慨。男勤耕稼，女修织纫，急公后私，尚于周恤，燕赵慷慨之风犹存。"

是的，邢台人多实少浮、敦厚淳朴，是懂得感恩的。

在这里，我们追述一个在邢台大地震期间，藏族人民赶着"良马济邢"，而在33年之后，邢台人民为答谢他们而开着"铁牛进藏"的故事，来见证邢台人对别人所给予的帮助是多么的感激，又是怎样的念念不忘、知恩图报。

邢台大地震发生后的1966年6月4日下午，一群壮硕的骏马，踏着略显疲惫但却是欢快的马蹄，来到了重灾区隆尧县，顿时引起了巨大的轰动，干部群众纷纷前来欢迎。大家仔细数了数，这个马群一共有242匹高大健美的骏马。大家听说，这群马是从西藏千里迢迢赶着过来的，共有62名藏族同胞历时26天，一路翻山越岭、跋山涉水、风餐露宿、星夜兼程，步行了11000多里地，带着饲料、带着干粮、带着药品、带着衣物，历经千辛万苦，从雪域高原来到了冀南邢台地震灾区，藏民们要把这群骏马无偿地捐献给灾民。大家惊叹之余，都感动万分。

西藏同胞送来的骏马

　　然而，更让灾区民众感激涕零的是，这242匹良马，都是藏民们自发从自家马群里千挑万选出来，争先恐后送到遥远的邢台灾区来的。

　　原来，当邢台地震的消息传到西藏后，西藏各地农牧民们纷纷集会，要求尽自己所能援助邢台灾区，并提出捐献马匹的建议，以便帮助灾民迅速解决恢复和发展生产所急需的畜力不足的问题。经西藏自治区党委和人民委员会研究同意，于是，一个报名献马、送马的热潮迅速在西藏各地开展起来了。

林周县把农牧民献的牲口集中起来，准备连夜送往灾区。旁多乡近50岁的翻身农奴曲珍，从很远的乡下赶到旁多区委，坚决要求参加送马，恳切地说："过去，我们受三大领主的残酷剥削和压迫，生活不如牛马，是共产党和毛主席领导我们推翻了'三座大山'。现在，邢台的汉族农民兄弟遇到了自然灾害，他们的困难就是我们的困难。"她还准备了农具，准备和灾区人民并肩劳动，重建家园。波密县的农牧民们，为了能挑选出最好的马给邢台灾区送去，还专门举行了一场"比马"大会。易贡区加仲乡60多岁的藏族老阿妈才旦珠嘎，眼睛不好，让儿子布穷陪着，走了整整一天的山路，把自己一年前分到的一匹已经怀了驹的牝马牵到区委。老阿妈视这匹马如命根，给它取名"幸福马"，她再三嘱咐护送马的人："要好好照顾它，保住膘，保住驹，一定让小马驹安全出生在邢台。"地处羊卓雍湖畔的藏民群众，翻大山过大江，一天一夜跑了400多里路，把马匹送到拉萨。巴青县羌塘乡的牧民吐登，把自己骑的马献给邢台人民，捐献前，他把马身刷了又刷，马鬃梳了又梳，还在马鬃和马尾上扎了红绿绸带。残疾铁匠日多，生活十分困难，验马工作队不同意他献马，他便连夜打制了十二副马嚼子……

这群经西藏各地藏民精心挑选、凝聚着藏族同胞深情厚谊的242匹骏马，于4月下旬，由西藏自治区领导和50多位翻身农奴代表组成慰问团兼"送马队"，赶着这个庞大的马群从西藏高原出发了。临行前，藏族老大爷、老大娘手捧着洁白的哈达，挂在马的脖子上。藏族老妈妈茂拉抱着马的脖子，像嘱咐自己孩子般亲昵地说："好好听话，好好劳动，不能想家。"一路上，慰问团寸步不离地照料着马匹。夜里怕马受寒，他们就把自己的衣服脱下来搭在马背上；怕马喝了冷水肚子痛，他们就烧温水喂马。有些马因为疲劳不吃草料，慰问团成员、波密县易贡区仲白乡林雄农业生产互助组组长白玛才旺就把自己吃的糌粑拿出来喂马。马上了汽车后，为了不让马磨伤皮肤，慰问团成员夏尼脱下棉衣包在马身上……

就这样，送马队伍翻越唐古拉山，跨过昆仑山口，横穿青藏大草原、柴达木盆地，又改乘火车，终于把242匹骏马安全护送到了邢台。

当送马队伍来到邢台时，邢台轰动了，河北轰动了。

灾区人民热泪盈眶，紧紧地同藏族兄弟拥抱在一起。

他们送来的良马，对灾区人民战胜灾害不仅仅是有力的物质支援，更重要的是巨大的精神鼓舞。

按照行程安排，西藏慰问团于6月7日来到受灾较严重的隆尧县千户营村。

"得知藏胞要来，社员们奔走相告，家家户户像过节一样，积极为慰问团备饭。"原千户营村队长齐金仓回忆说。

村民刘合喜的老伴，为让西藏同胞在这里吃好，提前好几天就开始准备麦子磨面。当时，千户营村接受了两匹马。为了不使这两匹带

邢台人民欢迎藏族同胞送马的热烈场面

着深厚民族情谊的良马受到一丝委屈，村里选派了一个曾参加过抗美援朝的驯马师当饲养员，并选用最好的饲料来精心喂养。很快，适应了新家的两匹高原马，不辱使命，上套拉车勤快有力。村民齐金仓感动地说："那阵子正赶上过麦天，这马可顶上大用了。"

慰问团每到一地，人们都敲锣打鼓，像迎接亲人一样，来欢迎百万翻身农奴派来的代表。他们把风尘仆仆的藏族兄弟接到自己家里，拿出最好的饲草来饲养这批藏马。工厂还把新生产的水轮泵、新式步犁、铁锨和藏族农牧民需要的毛刷、毛剪、镰刀、手推车等送给了慰问团。在地震灾区，慰问团和灾区人民一道割麦、打场、运肥、建房，还种下32棵"友谊树"，以此作为藏汉人民共同战胜自然灾害的永久纪念。

"千座山来万道水，阶级兄弟心连心。震在邢台的地上，疼在藏胞的心上……"这是当年西藏同胞万里送马，支援邢台地震灾区时所唱过的歌。直到现在，这首歌曲还在震区经常传唱。

向西藏捐赠的拖拉机车队从邢台启程

"铁牛"进藏的车队行驶在青藏高原上

"良马济邢"成为邢台人一段至今传颂的佳话。

"滴水之恩，当涌泉相报"是邢台人的禀性，邢台人永远铭记着西藏同胞的这一恩德，一直寻找机会感谢和报答藏族同胞的"良马济邢"义举，回报邢台发生地震时，藏族人民从遥远的青藏高原送来了那份特别珍贵的礼物。

机会终于来了。

时隔33年后，1999年5月20日，由邢台市委、市政府组织与筹划的"良马济邢兄弟情，铁牛进藏一家亲"回访活动，在西藏民主改革四十周年之际，而藏族同胞此时又遭受了雪灾的时候，向西藏人民赠送由邢台拖拉机厂生产的60台拖拉机的"开赴仪式"正式启动。而这60台拖拉机，则是由在邢台大地震后才崛起的隆尧县龙头企业华龙集团总经理范现国个人出资购买的。

范现国说："大地震时，我才6岁，我家在极震区，藏族同胞给我们送马，刚懂事的我见了。在我们最困难的时候，他们帮我们，我从小就感念他们。这批拖拉机，由我赠送再合适不过了。如今，他们受灾了，我们就该回报他们。"

范现国是邢台大地震后在隆尧重灾区成长起来的著名民营企业家，产品以"华龙面，天天见"叫响祖国大江南北。在他的记忆中，家乡地震带来的不仅仅是苦难，更有震后人们建设家乡的豪情，还有全国各地送来的各种支援。不怕困难、立志创业报效祖国，成为范现国从小就立下的誓言。年少时，他干过农活，当过建筑队的小工，在企业打过工，最后创办了自己的企业。但感恩与奋斗的誓言，他从来就没有忘记。他说，华龙再大，也离不开社会的支持，企业应该把回报社会作为自己的责任。为国家分忧、为社会造福、懂得感恩，这也是华龙义不容辞的崇高使命。如今，他是全国人大代表、世界方便面协会中国分会会长、今麦郎食品有限公司董事长兼总裁、河北华龙面业集团有限公司董事长兼总裁。世界华商100强、中国400富人榜第170名。在他的引领下，重灾区隆尧县莲子镇一带的"东方食品城"成了该县又一代名词。现在的食品大县的美名不仅是一种荣誉，更是隆尧灾区人民在周总理发出"自力更生、奋发图强、发展生产、重建家园"号召之后的伟大创举。

代表邢台灾区人民向西藏人民捐赠的这批拖拉机是特制的。为了适应高原气候，邢台拖拉机厂除了按出口标准生产外，还提高了拖拉机的马力，将柱塞机油泵改为齿轮油泵。

向西藏捐献拖拉机的消息传出后，邢台大地沸腾了，各县市区的数百万群众自发涌动起一股股"为回报西藏人民献爱心"的热潮：书画家挥毫泼墨，企业家慷慨解囊，人们争先恐后在书有"铁牛进藏一家亲"的33米的长卷上签名赠言。当年灾区巨鹿县的一位小学生，将3元5角钱投进募捐箱，天真地说："钱不多，可也能代表我的一点心意啊！"

由市委宣传部、灾区代表和新闻记者组成的运送"铁牛"进藏的车队，载着邢台640万人民的深情嘱托和感恩之心，向雪域高原进发。邢台市党政军及干部群众共一万多人，在体育馆举行了隆重的"铁牛进藏"启程仪式，他们身着艳丽的服装、跳着欢快的舞蹈，为进藏车队送行。

车队穿过河南、陕西、甘肃、青海等省，昼夜兼程。

曾经参与"铁牛进藏"捐赠活动、时任隆尧县委常委、宣传部长的付连国告诉我："这一路上，非常艰难，到了高原，好多人有反应，头晕眼花，吃不了饭，睡不着觉。随行的一位《人民日报》记

在布达拉宫广场举行捐赠仪式

者，一米八多的大个子，扑腾一下就倒下失去了知觉。过唐古拉山时，住到一个兵站，每人租一个大衣都在一条大通铺上睡，怎么也睡不着……"

当车队到达格尔木后，队员普遍出现高原反应。越往高走，反应越严重。饱受高寒缺氧折磨的队员对当年藏族同胞千里送马的艰辛有了切身体会。队领导决定，让反应最严重的队员张二刚返回。不料，他坚决不肯，哭着说："如果不亲手把拖拉机送到藏族亲人手中，我无颜见家乡父老。"

就这样，车队千辛万苦、历经磨难，终于闯过了茫茫戈壁，闯过了数百公里无人区，闯过了被称为生命禁区的唐古拉山，历时11天，行程5000多公里，于当月的31日抵达了拉萨。

当年来邢台送马的两位藏族同胞到达现场

当披着红花的车队见到赶来迎接的人们时，大家喜极而泣。

回访团在西藏的一桩心愿，就是寻访当年送马的藏族亲人。来自当年地震震中隆尧县的县委宣传部长付连国，身怀千户营村村民让他转交的思念藏族同胞的一封信。"当年来我们村的藏胞现在还好吗？我们村的老人们时常跟年轻人念叨他们，年轻人也在父辈的回忆中认识了藏族叔叔。我们真心欢迎藏族兄弟再来我们千户营村看看走走。"信中的字字句句，表达着邢台灾区人民的深切呼唤和感激之情。

当年，任邢台地震震中白家寨村支书的靳景印，是第一个从藏族兄弟手中接过头戴红花的4匹良马的，一位30多岁的藏族兄弟向他献上了洁白的哈达。多年过去了，他天天都在念叨着："送马的藏族兄弟现在过得可好吗？"

就在回访团风雨兼程向拉萨奔来之时，当年的慰问团成员、53岁的牧民赤列旺堆正在海拔4500米的牧场上放牧。当县里把河北邢台来客的消息告诉老人时，他激动地翻出当年邢台市赠送给自己的白瓷杯。多少年了，他都舍不得用，他感慨地说："当时我们只是尽了点力，很普通嘛。没想到这么多年过去了，他们还能记得我们……"

6月1日，邢台市委宣传部部长把大红的"邢台荣誉市民"聘书、聘金、礼品交给旺堆等两位"民族团结的使者"，双方"相顾无言，唯有泪千行"。大家终于懂得了，人世间最珍贵的礼物，是在艰难时期的相互慰藉。

第二天，邢台的访问团代表和当年赴邢送马的藏族同胞再次相聚，在拉萨宗角禄康公园种下了三棵云杉树。

"良马济邢"和"铁牛进藏"的故事，不仅仅是当时轰动全国的民族团结一家亲的重大事件，更是值得载入史册的一段关于"感恩"的佳话。

邢台人民有恩必报，源于他们从骨子里生长出来的厚道和善良。大地震之后，毛主席、周总理和党中央还有全国人民无微不至的关怀，让迄今已繁衍至730万儿女的邢台人一直念念不忘。他们只争朝夕，勇往直前，在这块历史灿烂、文化璀璨、物产丰饶、山河壮丽的大地上，不断书写着崭新的篇章。

邢台人的厚道善良，从古至今一脉相承。

我们都熟知的《赵氏孤儿》的故事，就发生在邢台县境内的大郭村镇，现在还有赵孤庄这个村名。该村原名为"单羊庄"，后来因匿藏赵氏孤儿，遂更名赵孤庄（后来为书写方便，将孤写成"古"）。

据《顺德府志》《邢台县志》记载，该村是程婴匿藏赵氏孤儿（赵武）的地方，因此更名赵孤庄，村里原有为程婴、公孙杵臼所立的藏孤牌坊。《赵氏孤儿》是一个讲述"忠诚""善良"和"仁义"的故事，公孙杵臼和程婴以及当地民众，形成了强大的"厚道善良"的群体，为了保护赵氏孤儿"赵武"，大家只因一个承诺，可谓不惜肝脑涂地、家破人亡。厚道与善良，还体现在中国历史上最负盛名的"谏臣"魏徵身上。唐代的魏徵是巨鹿（今巨鹿县）人，他之所以一生向太宗谏诤达十万言之多，就是因为从骨子里以厚道和善良来表达对人民和国家的爱。他"忠"的不是君而是人民。魏徵身上体现的邢台人身上的另一个亮点就是"直"：老实，本分，实话实说。魏徵死后，李世民亲临吊唁，说："夫以铜为镜，可以正衣冠；以古为镜，可以知兴替；以人为镜，可以知得失。朕常保此三镜，以防己过。今魏徵徂逝，遂亡一镜矣。"悼词虽短，但至今依然广为人知。从34岁就开始在邢台内丘县行医的春秋战国时期的名医扁鹊，也是厚道善良的典范。他为老百姓治病，对贫困者分文不取，还有个"六不治"原则：

一是依仗权势、骄横跋扈的人不治，二是贪图钱财、不顾性命者不治，三是暴饮暴食、饮食无常者不治，四是病深不早求医者不治，五是身体虚弱不能服药者不治，六是相信巫术不相信医道者不治。据说扁鹊活了97岁，以内丘为栖息地和大本营，带领弟子周游列国，巡诊于各地。晋国大夫赵简子为答谢扁鹊为儿子治愈疾病的功劳，将中丘（内丘）蓬山一带四万亩土地赐封给扁鹊，

扁鹊庙里的戏楼

扁鹊遂将此作为行医采药之地。后来,因遭秦太医李醯的嫉妒,而被杀害于咸阳。后来,虢太子率众人冒死将扁鹊头颅偷回,葬于蓬山脚下。这里的鹊王庙、鹊山祠、鹊山神应王庙,始建于汉代,是我国现存规模最大、历史最悠久的扁鹊庙群,被国务院公布为全国重点文物保护单位。扁鹊的厚道、善良,深深影响着一代又一代的邢台人。与扁鹊有着相似品格的,还有四五十里地之外的巨鹿人张角。他是著名的"黄巾大起义"的领袖。他也是靠厚道和善良,在乡村行医,创建了"太平道",自称"大贤良师",主张平等互爱的学说、观点,深得穷苦大众的拥护,几年间就得到了四周八大州数十万民众的拥戴。

大型河北梆子《吕玉兰》剧照

到了现代,邢台人的厚道善良继续被发扬光大。临西县下堡寺镇东留善固村里一个普通的小姑娘吕玉兰,她高小毕业就回到家乡务农,村里都是盐碱地,生活穷日子苦,她心疼爹娘、心疼乡亲,发誓要改变村庄的面貌让大家过上好日子,于是,带领全村群众战风沙、斗盐碱,开荒种树、打井修渠,改变了家乡一穷二白的面貌,从一个普通的农村姑娘逐步成长为闻名全国的女劳动模范和女省委书记。在那个时代,全国有两个著名的农村劳模,一个是陈永贵,另一个就是吕玉兰。她生前不但受到毛主席的接见,而且还得到恩维尔·霍查和金日成接见。1993年3月31日凌晨,吕玉兰与世长辞。在她病重期间,当时在福州任市委书记的习近平专程来到吕玉兰在石家庄的家中探望,后来还写了一首诗这样评价吕玉兰:"高风昭日月,亮节启后人;痛心伤永逝,挥泪忆深情。"

进入新时期,邢台人秉承与光大了这一传统美德,诚信、善良、踏实、本分的本色处处彰显。其中,柏乡县原本一个只有4亩地6个人的小粮站,一个叫尚金锁的人来到这里任主任之后,靠厚道和善良、靠老实和本分、靠真诚和守信,将之发展成为全国同级库中最大的粮库集团,他光荣当选第九届至第十二届全国人大代表,被评为全国劳动模范,是全国五一劳动奖章获得者,享受国务院特殊津贴待遇的专家;他先后向三任国家总理汇报工作,受到两任中共中央总书记的接见;2007年又当选为全国道德模范。尚金锁成为邢台人厚道善良最杰出的代表和典范。多年来,尚金锁对国家讲诚信,带领员工始终以强烈的事业心和责任意识,用一流的工作状态管理中央储备粮,用最完好的设施储存中央储备粮,用最先进的技术保管中央储备粮,用最优质的粮食轮换中央储备粮,确保中央储备粮数量真实、质量良好,确保国家急需时调得出、用得上。对农民讲诚信,他组织起近2000人的农村粮食经纪人诚信队伍,通过加强职业道德教育、信息服务和业务培训,帮助农民种好粮、管好粮、卖好粮,把诚信服务延伸到千家万户。柏乡周边几个县的农民,宁可舍近求远,也要把粮食卖到柏乡粮库,图的就是尚金锁领导的柏乡粮库服务好、信誉好、不压级压价。对客户讲诚信,不欺、不瞒、不糊弄、重合同、守信用,注重产品质量、讲究货真价实,规规矩矩经商、堂堂正正做人,使柏乡粮库的贸易伙伴由几年前4个省市的十几家增加到25个省、市、自治区的300多家。对银行讲诚信,柏乡粮库连续16年被评为全省金融信贷AAA企业,是全省唯一一家连续16年获此殊荣的企业,也是全国唯一一家荣获中国农业发展银行首批黄金客户称号的县级粮库。对此,尚金锁说:"你想着别人,别人才能想着你,别人才能相信你。虽然你是在做买卖，但你不能光想着挣钱，光想着挣钱肯定挣不了钱。自己该得的得，不该得的不能得。你对人不好，谁跟你做买卖？你肯定挣不了钱。人做好了，人家愿意跟你交朋友，你当然就能赚钱了。"尚金锁还说："客户都是朋友，首先要考虑对方利益。宁肯自己赔点，也不能让对方赔得不能过日子。虽然人们常说'无商不奸'，但真正的大商家，没有一家不是以诚信而成大功的。人家跟你交易，首先是看你人品。一看人不行，算了吧，不跟你合作了，你怎么赚钱？钱是身外之物，我向来不看重，看重的是交情。钱可以丢，朋友不能丢。宁可自己吃亏，也不能亏待了别人，凡事多替别人打算，这样你才能交上真正的朋友，这就是俗话说的'于人方便，自己方便'。"邢台市另一位出名的"厚道人"，是位盲人，名叫穆孟杰，平乡县人。因为他是盲人，所以他倾其所有外加借贷为全国的盲童"办事"，投资125万多元，在东辛寨村建起占地15亩的平乡县特教学校，向全国免费招收盲童，几年里培养了近二百名残障儿童使之成为有用之才。他曾被评为"感动中国十大新闻人物""全国自强模范""河北省时代楷模""邢台好人"等，新华社、人民日报、光明日报、凤凰卫视等二十多家媒体报道了他的事迹。有些时候，厚道、善良、本分、踏踏实实做人、诚诚恳恳做事，被人讥笑或者调侃为"傻"。邢台南河县的当红影视演员王宝强在荧屏上的出色表演，似乎代表了邢台人厚道与善良的一面。但冯小刚"带他"出道时，就给他贴上了"傻"的标签，干脆起名也叫他"傻根"，连说话也叫他说邢台的家乡话。可没有想到，这个土不拉几、普普通通的邢台人却靠着这种本色"一炮走红"。观众们喜欢他什么，大导演们认可他的又是什么呢？仔细想想，并不完全是拿他搞笑、拿他开涮、拿他的"很二"和"特傻"媚俗，其实是大众或者说公众从普遍的社会心理上，还是期待淳朴、善良和厚道。于是，王宝强一路走了下去。《士兵突击》中的许三多、《我的兄弟叫顺溜》中的顺溜，都是观众所褒奖的充满"正能量"的厚道人。

邢台大地，是滋生厚道和善良人的沃土。

　　周总理在邢台大地震期间三次踏上这片热土时所留下的音容、言谈和举止，成为厚道、善良的邢台人民的精神图腾。他戴着老花镜指点地图部署救灾时的坚毅神色，他跃过废墟时踉跄的脚步，他每一次伸向灾民的大手，他面对群众时那焦虑和怜惜的眼神，他捧着粗瓷大碗吹去浮尘大口喝水的姿势，甚至他的每一声叹息，每一次皱眉，每一个咳嗽，都让懂得感恩的邢台人从来不必刻意想起，却永远都不会忘记。时间可以流逝，大地可以荒老，但只要人类还在生生不息地延续，周总理对邢台灾区的关怀就是一笔永远的财富。周总理自己生前没有儿女，死后没有坟墓，生前和死后没有财产和遗产。但他把"大爱"留给了祖国，留给了人民，留给了党。留下了的"两袖清风、鞠躬尽瘁"的伟大人格光照千秋。

　　这笔巨大的无可取代的精神财富，已经像阳光和雨露，渗透到有着深厚的文化底蕴和人文魅力的所有邢台人的血液之中。大地震发生五十年来，邢台新兴的"亮点"和"名牌"，如同传奇和神话故事四处流传。邢台县前南峪村几十年如一日地致力于"经济生态沟建设"，被誉为"太行山最绿的地方"；清河县的羊绒产业，有"世界羊绒看中国，中国羊绒看清河"之说；威县成立的全省第一个"行政审批局"，将42枚公章变成一枚，以工业思路建设"三带一园"调整产业结构，被确定为国家现代农业示范区；平乡县号称是"中国自行车之乡"，年产整车500万辆、童车1500万辆、零部件1500万套，被誉为全国产业集群竞争力100强；临西县是全国最大的轴承加工生产基地之一，全国最大的碳钢生产基地和全国最大的轴承商贸集散地；沙河市年产平板玻璃1.6亿重量箱，已成为全国最大的平板玻璃生产和深加工基地，被工信部确定为"国家新型工业化产业示范基地"，被科技部确定为"国家火炬沙河现代功能与艺术玻璃特色产业基地"，玻璃文化创意和玻璃艺术刻绘集聚区被评为"河北省十大文化产业集聚区"；巨鹿县的枸杞、金银花、串枝红杏，号称"巨鹿三宝"，远近闻名……

　　2016年3月8日，邢台市委、市政府在隆尧县邢台地震纪念碑广场隆重举行邢台抗震50周年纪念大会，悼念在地震中逝去的同胞，缅怀老一辈革命家特别是周恩来总理的为民情怀，动员全市广大干部群众大力弘扬"顾全大局、无私奉献、团结互助、和衷共济"的邢台抗震精神，以决战决胜的姿态和超常超强的举措，全力推动邢台又好又快发展，奋力开创邢台改革发展稳定新局面。纪念活动开始后，省、市领导，各县市区、市直及驻市各单位党政主要负责同志，驻邢部队、社会各界干部群众代表共计一千多人向在地震中罹难的同胞默哀，并鸣笛1分钟。随后，12名武警战士向邢台地震纪念碑敬献了花篮，200名学生代表齐声唱响抗震歌曲《天大地大不如党的恩情大》，地震亲历者代表国春路作了发言。大会结束后，省、市领导参观了邢台地震资料陈列馆。当晚，还在隆尧县东方食品城举办纪念邢台抗震50周年主题晚会，展示邢台震后50年发生的巨变，展现邢台人民战天斗地、重建家园的精神风貌。

邢台抗震五十周年纪念大会会场

如今，邢台人民在"抗震精神"的激励下，秉承厚道、善良、踏实、懂得感恩、敢于作为的传统美德和不屈不挠的进取精神，立志"每年都有新突破、三年实现大变化"，确定了"打造区域中心、创新基地、山水绿城、文化名都"的发展目标，在京津冀一体化协同发展的战略部署下，对接京津，努力实现华丽的蜕变。通过规划引领，强化项目支撑，突出开放招商，聚集各方资源，实现共建共管。通过三年努力，中心城区城建总投资年均增长20%以上，建成区面积达到95.5平方公里、建成区常住人口规模达到95万人，市区新增水面面积295公顷、新增绿地面积740公顷以上，让"先商之源、殷商之都、邢侯之国"焕发出前所未有的生机。一个"经济实力强起来，人民生活富起来，体制机制活起来，自然生态美起来，政治生态好起来"的全面小康、富裕殷实、山清水秀的邢台，正在震后的土地上，伴随着时代的号角，一直在永不停歇地塑造着自己的光辉形象。

敬爱的周总理，您可以放心了，尽管您没有实现"重建家园后，我再来看望你们"的夙愿，但是，五十年来，邢台人民每时每刻都在怀念着您。您的身躯如影随形，您的号召犹在耳畔，您的精神传颂万代。您对我们大家过上幸福日子的企盼，携带着您的挚爱，正在温暖地滋润每一块田野，每一条街衢，每一户庭院和每一个人的心田。

2015年4月一稿
2015年6月二稿
2016年3月三稿
2017年9月定稿

（本书在写作过程中，参阅了周瑞敏的学术论文《邢台地震与抗震救灾研究》、林乐志著《邢台地震对策及其社会学研究》，《隆尧县志》《宁晋县志》，大型专题艺术片《百年恩来》，以及有关报刊发表的关于邢台大地震的通讯报道，在此一并致谢！）

附 录：

专家学者对《周恩来与邢台大地震》的评介

　　这部报告文学，对还原历史起到了很重要的作用，作者在这方面下了很大功夫。贾兴安广泛进行田野调查，设法对话当事人，仔细研读历史资料，然后在邢台大地震与周总理的交替联系这条线上给予表达，很真实，也很凝练和完整。作者抓住大地震这个事件，以对邢台历史的了解，对人民群众情感的生动描述，将周总理亲临地震灾区的过程讲得细致感人，政治的、人文的、现场的、知识性的描述也很充分。这样的题材内容，看起来是一个历史事件的报告文学，写的是周总理当年对人民群众的关心关怀，但是，今天写来并不是单纯地回顾历史，而是具有很鲜明的现实价值作用。我们从本书中看到了领袖与人民群众的关系。这种上下一心战胜灾难，从总理到各级党员干部与人民群众生死相依、同甘共苦、真诚相待的感人情景，是一种伟大纯洁和崇高的思想品质与作风表现。这些内容本身，就具有了超出邢台大地震抗震救灾历史事件本身更深层的意义。

　　——中国报告文学学会常务副会长、《中国报告文学》主编　李炳银

　　《周恩来与邢台大地震》是第一部全面、细致、生动再现周恩来总理在1966年3月邢台大地震期间，冒着余震不断的险情，三次亲临重灾区视察和慰问受灾群众情景的长篇报告文学。贾兴

安选择这个创作题材，并将笔力集中在新中国成立后，我们国家面对一场突如其来的大灾难，党和政府以及广大人民群众团结一心、不怕困难、奋力拼搏、重建家园的壮举，特别是再现"总理爱人民，人民爱总理，总理和人民心连心"的动人情景和伟人风范；揭示令人温故如新的干群关系，回溯令人感怀的党群关系，本身就是作家的一种责任，一种担当，彰显了作家要为人民写作、为时代讴歌、向读者传递正能量的勇气和自信。

——《中国作家》主编　王山

　　我认为这部作品有地震志和地方志的价值，有人文的价值、地理学的价值。首先，这部作品有历史的价值，若干年后，亲历这场地震的人会越来越少，以后很难再有鲜活的真实材料。作品最突出的是刻画了可亲可敬的人民总理的形象。生动的文学作品比理论著作和说教都具有艺术感染力，鱼与水的关系、水与舟的关系，通过细节塑造的周总理的亲民形象很生动感人。其次，这部作品谋篇布局都很讲究，每一章都用总理的话作标题，构思独到，生动准确地反映了周总理迫切赶赴灾区的心情，非常打动人。周总理一心为群众着想，作品通过很多具体细节来表现。周总理三次到邢台，为了救灾奔波，在一天内走访了5个村庄，总理的心是始终和人民在一起的。作品的主题鲜明，振奋人心，揭示了党和国家是最大的动员力量，温暖了、振奋了整个灾区的老百姓。第三，作品还探讨了邢台抗震精神的内涵，为应对突发事件积累了很多宝贵的经验；还有震后的重建工作，以及极大地推动了国家地震预报事业，老百姓自力更生抗震救灾的措施等等，这些都很珍贵。作者非常有家国情怀，借助邢台大地震这一题材，进行了非常有价值的深度创作。

——中国作协创研部副主任、中国报告文学学会副会长　李朝全

　　邢台留给人们印象最深的事件之一就是邢台大地震，我是作

家也是写报告文学的，这部作品给我不少的启示：第一，报告文学是时代的记录，当代和历史的事件都应该成为当代和历史的记录，此作品就是对历史的记录。有许多作品对普通老百姓来说可读的东西不多，此作品全程全景全貌地记录了这段历史，可读性强，是不可多得的好作品，它为后人留下了一部信史。第二，作品写出了领袖与人民群众的血肉关系，实际上是党和人民的关系。这部作品也讴歌了邢台人民抗震救灾的精神。汶川、玉树、雅安等地震，都留下了一种精神，这才是主要的。文艺创作有千条万条的创作方法，最根本的一条是深入生活，扎根人民，而真正深入生活离不开对生活的解读认识。第三，本书讲了很多邢台历史文化，作者写起来得心应手，这是作为当地作家的独特优势。它为人们留下了很多生活的和文学的细节。周总理赶赴地震重灾区，当时路都破坏了，是冒着很大的风险的。许多细节作家处理得都非常好。报告文学要有文学性，文学性的一个体现便是细节，作品中有些细节很感人，如周总理连夜赶往灾区、喝水的碗等，都给读者留下了深刻的印象。作品结尾也很精巧，"良马济邢兄弟情，铁牛进藏一家亲"，既写出了西藏人民的深情大义，也写出了邢台人民的厚道和感恩。

——中国报告文学学会常务副会长　黄传会

优秀的报告文学应该是历史的真实记录，它可以是当代史，也可以是既往史。这部作品是发生在邢台的那场地震的真实记录。半个世纪过去了，当年邢台地震留下的文字资料并不多，等经历过地震的那一代人离开了，想真实了解邢台地震的情况就更加难了。这本书以文学的形式建立了以地震为载体的一座城市与一位伟人的历史纪念碑，这是这座经历深重灾难的城市的一次庄严的祭奠，也是它凤凰涅槃之后向祖国作的一次有意义的汇报。报告文学要有报告更要有文学，作者很好地完成了二者的结合。我们通过对这部报告文学的阅读，看到了很多历史之中真实生动感人的细节，很多人物、很多场景、很多事迹。周总理三次亲赴邢台地震灾区现场，给后人树立了党群关系的楷模。这部作品对当年许多真实的资料都有详细的记录，因而它又有一种地方志的意义。此外作者还有一种以"邢台大地震"为标签，塑造城市名片的意识，他借笔大地震的历史事件，回顾了邢台这座城市的前世今生，把这座城市很厚重的文化积淀写了出来，让读者对邢台这个城市有了全面和立体的认识。

——《中国作家》副主编　高伟

《周恩来与邢台大地震》是对周总理的深切怀念，是对邢台大地震的回顾，是一段浓缩的、有独特价值的历史。作品中描写了令人感怀的党群关系，是难能可贵的经验和典范，对当下如何处理干群关系也有着重要的现实启示意义。新中国成立以来，我们的民族和国家，在大灾大难面前，同心同德，万众一心，这种民族气质和优良传统，是任何其他民族与国家不可复制的。这部作品具有较高的文本价值和史料价值，作者成熟的文学表达丰富了报告文学的文学性，其语言之精准，语境之生动，人物之饱满，令人印象深刻。作品反映的是邢台，实际上展现的是一种国家精神。

——《中国作家》纪实版编辑部副主任　汪雪涛

这部长篇报告文学对邢台大地震作了全面系统的记述和描写，既有文学写作方面的意义，也有超出文学自身的价值。邢台大地震是共和国成立后第一次面对重大突发性自然灾害，因此，邢台大地震中的救援措施和经验，比如党和国家领导人在第一时间到达救灾第一线，比如解放军是承担救灾任务的主力军，比如一方有难、八方支援，比如救灾和生产自救相结合，比如对受灾群众日常生活、灾后心理的关心和救助，都成为后来我们国家应对突发性自然灾害的基本模式。这个基本模式反映了党的根本宗旨，反映了建国后党群关系、干群关系、军民关系的深刻内涵，对于今天坚持群众路线，反思和密切党群关系、干群关系，有着深刻的现实意义，这是作品超越文学性的价值所在。文学创作要深入现实生活，在这部作品的写作过程中，作家深入一线采访，掌握大量第一手材料，在生动再现了大量历史场景和细节的同时，展现了邢台抗震的时代精神和人文情怀。特别值得指出的是，在这部作品中，作家在记述邢台大地震的同时，引入了一条辅线——对邢台深厚的历史文化，对邢台独特的地域文化内涵，作了深入的阐释。这条辅线的介入，增强了作品的历史纵深感。

——河北省作协副主席、秘书长　王力平

贾兴安是一个对现实有着高度敏感的作家，他的许多作品都有着极强的现实感。而这部作品其实是填补了文学史上的一个空白，和唐山大地震、汶川大地震相比，在文学上反映邢台大地震的长篇作品几乎是一个空白，所以50年后，这其实是对历史的一个负责任的作品。我的父母都亲历了邢台大地震，和所有亲历者一样，那场地震给他们的影响可能是一生的，而地震的细节，对于地震的记忆，只是偶尔地闪现在记忆中和只言片语中。如今，这部作品其实也是对他们这样的亲历者一个很好的安慰。文学的作用就是把个体的记忆串联起来，形成一个整体的历史的记忆，以达到不朽，这部作品做到了。这部作品丰富了历史记忆，用大量以前不为人知的细节，使作品的文学性大大增强。而作品所着重描写的周总理心系人民的情节，其实对于当下如何看待和处理党群关系、干群关系也有着非常好的现实意义。这部作品还给了作家们一个很好的启示，那就是作家只有在生活中，在现实中，才能找到自己文学的根，找到想象的力量。

——河北省作协副主席、创联部主任　刘建东

这部作品在邢台大地震若干年后的今天问世，作家是站在较高的层面，颇具匠心地把中华民族精神与时代精神，把周总

理的领袖形象与邢台人民的集体群像，把历史、现实与未来等
多个方面结合起来，写得厚重沉实，大气慷慨。该书虽然写了
周总理与邢台大地震，但作家的用意却要超越简单的领袖关心
地震灾区人民的表面涵义，书写一种抗震文化。抗震文化也叫
灾难文化，灾难文化不在于灾难本身，灾难本身是载体，意义在
于灾难之后的思考。灾难是自然给予人类的一种劫难，在灾难面
前，才能显现一个民族的精神。周总理冒着强烈余震的危险，第
一时间赶赴邢台地震灾区第一线慰问灾区人民群众的事迹，不是
国家领导人对灾区人民的恩惠，而是新中国人民领袖与人民群众
血肉相连的新时代形象。邢台地震灾区人民奋发图强、生产自救
的精神在作家的笔下，和总理的形象连在了一起，周总理的形象
与邢台人民的集体群像，成为一个整体，那就是新中国的民族形
象。这样一种形象和精神，自然与新中国的时代精神有关，但也
与中华优秀传统文化特别是邢台地域文化具有一脉相承的联系。
特别是共和国总理在第一时间出现在灾区，进而形成"一方有
难、八方支援"的新中国救灾模式，更把这种文化精神上升到一
个新的高度。作品尾声写到的"良马济邢"和"铁牛进藏"的佳
话，正是这种文化精神的具体表现。这种仁义、互助、感恩的精
神在今天又是具有多么重大的现实意义啊！

　　　　　　　　——河北师范大学文学院教授、评论家　郭宝亮

　　这是一部填补空白之作，具有文学史意义。写唐山大地震的
作品很多，如钱钢的《唐山大地震》，关仁山、王家惠的《唐山
绝恋》等，但是关于邢台大地震的纪实文学至今还没有人写过。
这是一部凝心聚力之作，作者以一种家国情怀、赤子情怀，弘扬
抗震精神和中华民族优秀传统文化，塑造了周恩来总理的光辉形
象以及邢台大地震中涌现出的抗震人物群像。这是一部继往开来
之作，它不仅仅记录了邢台大地震这段历史，还写到了邢台的过
去、现在和未来，作品的主旨是铭记历史，开创未来。邢台大地

震期间，虽然周总理曾经三次到邢台，但是毕竟留下来的视频和文字材料太少，给报告文学的写作造成了相当大的难度。如果贾兴安单纯地写邢台大地震，相对而言要容易得多，因为可供他选取的人物、事件、细节会很多，可供他选择的视角也很多，那样就有可能会写出一部像钱钢的《唐山大地震》那样全景式的作品。但是写周总理与邢台大地震，素材有限，而且邢台大地震已经过去了50年，有关素材都已经被人多方面挖掘使用过了，很难再发现新的内容，巧妇难为无米之炊，如何避免简单重复过去的素材，如何写出新意，对作家是一种挑战。但是，贾兴安面对写作的危险，迎难而上，并最终巧妙地化险为夷，为读者、为邢台留下了一部优秀的报告文学作品。

——《河北日报》文化新闻部主任　崔立秋

本书是河北省作协和中共邢台市委宣传部重点扶持的精品创作项目，花山文艺出版社已将之列入2017年重点选题出版计划。精心编辑、出版好这部优秀作品具有多重意义和价值。首先是该书第一次以长篇报告文学的艺术形式真实记录了邢台大地震，全面、细致、生动地再现了周恩来总理在1966年3月邢台大地震期间，冒着余震不断的险情，三次亲临重灾区视察和慰问受灾群众、指导抗震救灾的光辉形象，在文学史上填补了一个创作题材的空白。第二，作者很好地处理了写总理、写地震和写邢台的关系，既凸显了"总理和人民心连心""总理爱人民、人民爱总理"的思想主题，又宣传了邢台人民的抗震精神。第三，作品在今天创作出版具有强烈的现实意义和时代价值，它能深刻地启示我们思考党和领导干部与人民群众的血肉关系，思考作家如何在文学创作中贯彻落实习近平总书记提出的文艺作品要"深入生活、扎根人民"的正确方向。另外，作品在细节描写、情感描写、结构处理等方面都有不凡的表现，达到了很高的艺术水准。

——花山文艺出版社社长、总编辑　张采鑫

　　这部作品中一组组翔实的数据、一个个精彩的瞬间、一段段饱含深情的章节，构成了既理性写实又丰富生动的完整篇章，让这部作品的史料性和文学性得到了完美的结合。特别是作品将周总理在地震灾区的一举一动和解放军、医疗队奋力抗震救灾的感人事迹等细节描写得很详尽，让人过目不忘的精彩场面更是比比皆是，这无疑大大增加了作品的文学艺术性和可读性。这部作品不仅让我们了解到50年前那场地震对邢台尤其是对隆尧、宁晋等县毁灭性的破坏程度，更让我们全面了解了震区人民在灾难面前不屈不挠的顽强抗争精神和社会主义制度的优越性，增强了我们对人民领袖的热爱和崇敬，坚定了我们走社会主义道路的坚定信心和决心。

　　　　　　　——邢台市政协副主席、中共隆尧县委书记　李国印